Ingeborg Drewitz
Bahnhof Friedrichstraße

Ingeborg Drewitz

Bahnhof Friedrichstraße

ERZÄHLUNGEN

Herausgegeben von
Agnes Hüfner

Claassen

Gedruckt auf chlorfrei gebleichtem, säurefreiem Papier

Die Deutsche Bibliothek – CIP-Einheitsaufnahme

Drewitz, Ingeborg:
Bahnhof Friedrichstraße: Erzählungen / Ingeborg Drewitz.
Hrsg. von Agnes Hüfner. – Hildesheim: Claassen,1992
ISBN 3-546-00021-8
NE: Hüfner, Agnes [Hrsg.]

Umschlaggestaltung: Wolfgang Scheffler, Mainz
Satz: Fotosatz Knab, Lintach
Druck und Bindung: Friedrich Pustet, Regensburg
Papier: M. Salzer's Söhne, A – St. Pölten
Printed in Germany
ISBN 3-546-00021-8

Und wer lügt denn,
der Erzähler oder das Leben?

Bahnhof Friedrichstraße

Der Stadtplan ist wie eine aufgeschnittene Zwiebel. Ring um Ring legen sich die Straßen um den Keim: die fischähnliche Spreeinsel und die angrenzenden Städte Berlin und Cölln. Namen stehen auf dem Stadtplan: Molkenmarkt, Heiligegeiststraße, Sperlingsgasse, Friedrichsgracht, Jungfernbrücke; der Roland ist eingezeichnet, die Jüdenstraße, die Mühlenbrücke, Namen wie in jeder Altstadt.

Für die Drittkläßler auf Schulausflug »in die Stadt« gab es noch den Neidkopf, das Haus zur Rippe, die Bärengrube, das Galgenhaus, das Schloß und die Weiße Frau. Aber wichtiger als die Lesebuchgeschichten und ihre steinernen Zeugen waren die Lokomotiven unter Dampf in der Bahnhofshalle Friedrichstraße. Die Züge kamen von Paris, Namur, Aachen über Köln, Hannover und fuhren über Warschau bis Brest-Litowsk. Die Reisenden sahen vom Viadukt der Stadtbahn aus in die Zimmer und Küchen der Berliner. Die Stadt war mitten in Europa, und ihre Mitte war der

Bahnhof Friedrichstraße. Amüsierviertel, Zeitungsviertel, die Linden nicht weit und der Norden nicht, Chausseestraße, Invalidenstraße. Juwelierläden und Arbeitslosenschlangen. Der Wind zerspellte den Pfiff der Lokomotiven, der Wind zerzauste den Rauch, wehte durch dünne Mäntel und zerrte an den Hüten aus Filz und Stroh und später an Fahnen und Blumengirlanden. Aber der Bahnhof Friedrichstraße war kein rechter Ort für das Pathos der Naziführer, eher schon Zwischenstation für die Urlauber: ein paar Stunden Berlin, ein paar Stunden Großstadt zwischen den Fronten. Eisenskelette blieben, der Todesgestank, Gehenkte, und die Balalaikas der Sieger. Frauen mit Handkarren, Frauen beim Trümmerschichten, Kartoffelschalen- und Rübenschnitzelsuppen, Ruhr, Typhus, TB, Vokabeln für Hunger, für Sommer und Winter. Und dann schon wieder Mozart im unzerstört gebliebenen Admiralspalast gleich neben dem Bahnhof Friedrichstraße. Unwirklicher war die »Entführung aus dem Serail« niemals vorher und niemals nachher; Spiel als Spiel, unantastbare Erfahrung!

Damals fuhren die Züge schon wieder von Spandau-West nach Grünau und von Potsdam nach Erkner, die gesprengten Brücken waren aus dem Wasser gehoben, Notbrücken errichtet worden, die gelben Ruinen von Monbijou waren noch nicht planiert, und die schwarzen Fassaden, die vom Stadtschloß geblieben waren, spiegelten sich in der Spree. Die unterirdische Nord-Süd-Strecke der Stadtbahn, die am Bahnhof Friedrichstraße die Ost-West-Strecke und die Spree kreuzt, war längst wieder von Wasser leergepumpt und für den Verkehr freigegeben. Niemand sprach von den Ertrunkenen des April/Mai 45, SS oder Werwolf? natürlich nachprüfbar, aber wer wollte schon Genaues wissen? Die stockfleckigen Wände glitten vor den Zugfenstern vorüber. Irgendwo stieg man aus, stieg hinauf in die Trümmerstadt, die nicht aufhören konnte zu leben, obwohl der Ost-West-Konflikt akut geworden war, noch ehe die Bahnhofshalle Friedrichstraße wieder gläsernes Fleisch angesetzt hatte. Auszug der Sowjets aus dem Kontrollratsgebäude, vier Masten drei Fahnen, Währungsschnitt, Blockade, Daten für amerikanische, englische und französische Schüler. Und für die jungen Russen das Datum der Staatsgründung in Ost-Berlin (und in Bonn). Und dann schon der Junitag 53, der Aufstand und die russischen Panzer wieder Unter den Linden. Auch davon spricht niemand mehr. Und nicht von der Flutwelle der Flüchtenden, vom Menschenumschlagplatz Bahnhof Friedrichstraße, vom Aufatmen, wenn die Züge den Bahnhof verlassen hatten. Nächste Station schon West-Berlin! Koffer, Bettzeug, Papiere.

Was ist der Mensch? In den Flüchtlingsauffangstellen registrierten sie es: Name, Geburtstag und Ort, Familienstand, Beruf, Fluchtursache. Anerkannt oder nicht. Ist das die Formel für den Menschen? Flüchtlinge, täglich, stündlich, warum? bis an dem Augusttag fast ein Jahrzehnt später die unsichtbare Grenze mitten in der Stadt sichtbar wurde: Stacheldraht und geschichtete Steine, Winkende auf beiden Seiten, Uniformierte auf beiden Seiten, auch Tränen auf beiden Seiten. Ein neuer Riß durch den Zwiebelschnitt, anders als der Viadukt der Stadt- und Fernbahn trennend, nicht verbindend. Bahnhof Friedrichstraße als Kopfstation für den Stadtverkehr aus West und Ost, Grenzbahnhof, wenn auch schon hinter der Grenze. Ein paar hundert Meter entfernt der aufgepflügte Sand, das fahle Licht nachts, die Wachtürme, die Maschinengewehre, die Hunde und die Augen hinter Ferngläsern.

Die große Bahnhofshalle ist nur noch für wenige Menschen da. Die Treppen, die früher die Tausende aufschluckten, führen nirgendwohin. Nur eine mündet in der Passierscheinstelle für Besucher aus der Bundesrepublik. Uniformierte, Schranken, Schreiber, Warteschlangen an Wochenenden und Feiertagen, gelbe Lampen, verbrauchte Luft, Taschenkontrollen, was ist der Mensch? Alte Frauen mit Koffern und Einkaufsnetzen irren in den Gängen umher, verlaufen sich auf den Treppen ins Nirgendwohin, sind aufgeregt, aufgescheucht aus dem Trott der Jahre. Rentnerbesuch im Westen. Sie freuen sich auf die Kinder, die Enkel, oder sie kehren zurück, glanzlos die Augen, die Taschen und Netze voller bunter Tüten.

Bahnhof Friedrichstraße. Draußen unter der Eisenbahnbrücke beginnen und enden die Reisen in die andere Welt. Aber da ist noch immer die unterirdische Nord-Süd-Strecke, die von West-Berlin nach West-Berlin unter der anderen Stadt hindurchführt. Gespensterbahnhöfe gleiten vorbei (Bahnhöfe außer Betrieb), die wenigen im Abteil sehen einander nicht in die Gesichter. Auf dem Bahnhof Friedrichstraße hält der Zug. Wer steigt hier aus? Wer steigt ein? Kurzes Aufblicken. Die Knie bleiben zusammengestellt, Haltung von Sprungbereiten.

Bis der Zug weiterfährt. Am Nordende des unterirdischen Bahnsteigs ist der Grenzgängerschalter von West-Berlin nach Ost-Berlin, von Ost-Berlin nach West-Berlin. Man kennt einander, grüßt flüchtig, Reichsbahnarbeiter und Angestellte, Künstler, Ingenieure, Unbestimmbare und welche in Schwarz. Der schlauchartige Gang mündet in der Treppe zum Spreeufer gegenüber vom Schiffbauerdamm-Theater. Brecht, Berliner Ensemble.

Wie lange war Brecht im Westen tabu? Und warum spielen sie im Osten nicht Beckett und drucken sie Kafka nicht?

Mißverständnisse. Unverständnis.

Was ist das für eine Stadt mit dem trennenden Bahnhof?

Ich höre Berliner und märkisches Platt, Sächsisch, Thüringisch, Dialekte, die im Westen kaum mehr vertraut sind, als ich die Friedrichstraße Richtung Unter den Linden entlangschlendere, ein Berliner im Zentrum der Stadt, das mir nicht zugänglich war, solange ich in West-Berlin gelebt habe. Absurd genug! Man vergißt das so leicht. Auf der Mittelpromenade Unter den Linden, wo früher die Stühle für fünf Pfennig Stundenmiete standen, schart sich eine Gruppe Amerikaner um den Reiseführer. Fotoapparate klicken, Filmapparate surren. Fischer von Erlach, sagt einer (Örlah spricht er aus) und kniet zwischen parkenden Autos, um die ganze Front der Staatsbibliothek auf den Film zu bannen. Namen, Souvenirs (nicht Erinnerungen) für den Bildungsverein irgendwo, in Massachusetts vielleicht: Boumann der Ältere, Knobelsdorff, Gontard und Unger, Schlüter, Schinkel. Der Reiseführer erklärt, wer Prinz Heinrich war, Familiengeschichte, Dynastisches, die Hohenzollern, Sie wissen ja! you know, sagt er und ist stolz, daß das Prinz-Heinrich-Palais 1810 Universität wurde, als wäre es sein oder seines Staates Verdienst: preußische Tradition im Sozialismus. Die Studenten haben keine langen Haare, keine Bärte, kaum ein Mädchen trägt Hosen, und die Uniformen der Posten vor der Schinkelschen Wache sind feldgrau wie die Uniformen von 1914 bis 1918, von 1939 bis 1945. Tradition oder Anspruch? Die Autos haben das alte Berliner Kennzeichen 1 A. Ein Souvenir auch die Singakademie, Musikstadt Berlin. Ob der Blonde in der Telefonzelle im Kastanienwäldchen an Zelter denkt, wie der stämmig und ein wenig vorgekrümmt zwischen den Bäumen innehielt, die vor 150 Jahren kaum schon Schatten geben mochten, um für einen Augenblick nachzudenken, wie weit er's gebracht hatte? Die Damen der Gesellschaft folgten seinen Maurerhänden, die Andante befahlen, oder leise! leise! pianissimo! um dann zum Fortissimo aufzupeitschen. So viele junge schöne Stimmen! Er liebte die Damen nicht, er war nur stolz auf seine Singakademie. Und wie war das mit Mendelssohn-Bartholdy? Wer weiß das noch, wer weiß noch von der berlinischen Urbanität? Und wer weiß von den Daten, die in keine Souvenirsammlung passen? März 1848, August 1914, November 1918, Januar 1919. Erst die goldenen

Zwanziger sind wieder Souvenir-Jahre, Premieren, Kräche, Ruhm und Pleiten. Und dann schon der Fackelzug der Nazis, Aufmarsch auf dem Pariser Platz, Bücherverbrennung vor der Universität und die zur Lüge stilisierte Freundschaft der Völker zwischen Kandelabern und Pilastern und Fahnen im Olympiade-Sommer 1936.

Was mag der Reiseführer denen aus Massachusetts erzählen? Was wollen sie hören?

Der Herbstglast liegt über den Tribünen auf dem Marx-Engels-Platz, die schwerfälligen Neubauten des Auswärtigen Amtes und des Staatsratsgebäudes verstellen die Vergangenheit, die Transparente verkünden den 20. Jahrestag der DDR und freundliche, gut genährte Gesichter lächeln von Riesenfotos herunter.

Doch auch Berlin Alexanderplatz ist nur noch Literatur. Die auf der großen Baustelle zu Füßen des neuen Fernsehturmes reden wie Döblins Franz Biberkopf, aber ihre Sorgen sind andere. Mit de Antenne, weeßte, det is sone Sache, Schwiegermuttern kiekt zu ofte rin, und da weeßte nu nich, ob se dichte hält. Nee, nee, laß man sinn! Is ja ooch janz schön unsa Programm, und wat de nich sehn willst, siehste nich!

Die Bagger greifen gelbe Erde, die Hämmer stoßen. Die Straßen heißen noch Alte Schulzenstraße, Jacobystraße, Landwehrstraße, Magazinstraße und Weinstraße, trotz Neubaublocks zwischen Mauerresten und Goldrautefeldern.

Die Freunde haben sich mit den Möbeln der Eltern eingerichtet, aber sie haben sie bunt lackiert und die Zimmerwände geweißt. Sie wollen keine Allerweltsmöbel und keine Allerweltstapete, sagen sie. Sie haben sich in dem abgeblätterten Haus, das mal eine Villa war und heute von fünf Parteien bewohnt wird, eine Vierwändefreiheit eingerichtet. Kein Fernsehgerät, das Radio mindestens fünfzehn Jahre alt. Manchmal Musik, wir sind ganz zufrieden! Ich weiß nicht, ob ich ihnen glauben soll. Es gibt ein paar Geschichten, die sie hinter der Hand erzählen, ein paar Namen, die sie leise aussprechen. Aber eure Welt verstehen wir nicht!

Ein Mobile kreist, Kaffee und Kuchen werden gereicht, und an der Wand hängen Bilder von Picasso, die aus dem Kalender herausgeschnitten sind. Kein Salvador Dali, kein Pop. In der unbeleuchteten Ecke neben dem Schrank noch Barlach und die Kollwitz. »Warte nicht auf bess're Zeiten / warte nicht mit deinem Mut ... / Viele werden dafür sorgen, daß der Sozialismus siegt.« Auch Wolf Biermanns Namen sprechen sie leise aus.

Die Äpfel in der Schüssel haben Baumflecken. Darüber könnten wir uns beschweren, sagt die

Frau, und sie lächelt und schält eine Spirale und teilt den Apfel auf. Sie haben ein paar Bücherwünsche, weil ja Weihnachten die Pakete nicht so genau kontrolliert werden!, und sie schenken mir zum Abschied polnische Holztiere für die Kinder, Vögel, ein Kätzchen, abstrakte Formen einer reifen Folklore, und für meine Frau ein indisches Seidentuch.

Die Straßenbahn ist kurz vor Mitternacht leer. Die rundliche Schaffnerin sieht mir an, daß ich von drüben bin, fragt, ob ich ein bißchen was Hübsches gekauft habe, gibt's ja nu schon!, und sie berät mich beim Umsteigen.

In der Passierscheinkontrollstelle ist die Luft noch immer verbraucht, brennen noch immer die gelben Lampen. Der meine Tasche kontrolliert, sagt, kommen Se mal bald wieder! Der mir den Passierschein abnimmt, hat dicke Brillengläser. Oben in der Bahnhofshalle wird die Abfahrt des Zuges nach Warszawa über Frankfurt/Oder ausgerufen, als eben der Zug von Spandau-West nach Spandau-West auf dem Stadtbahngleis einfährt.

Du hast eigentlich Zeit. Vier Wochen läuft deine Aufenthaltsgenehmigung für West-Berlin. Vier Wochen bei Sohn und Schwiegertochter. Wie ungeduldig du warst, sechzig Jahre alt zu werden, um sie endlich kennenzulernen und auch den Enkel! Wie ungeduldig, endlich einmal über die Grenze, über den Bahnhof Friedrichstraße hinaus nach Westen fahren zu können! Die Kinder haben zwei Zimmer im Märkischen Viertel, zwölfter Stock. Die Aussicht ist schön! hat der Sohn geschrieben. Du hast den Stadtplan ausgebreitet. Das Viertel liegt außerhalb der großen, ringförmigen Straßen. Überhaupt ist diese westliche Stadt verwirrend, weil ihr die Mitte fehlt. Vielleicht hättest du telegrafieren sollen: Erwartet mich am Bahnhof Zoo! Aber du wirst doch nicht zugeben, daß du unsicher bist, und du weißt auch, daß der Junge über Tag seine Arbeit hat. Die Schwiegertochter kennst du nur vom Foto, ein Gesicht wie vom Frisör gemacht. Wie soll man sich da finden zwischen vielen?

Als der Zug über den Grenzstreifen fährt, kramst du in deiner Handtasche. Bis August 61 warst du immer mal drüben, weil es Spaß gemacht hat, dort einzukaufen, wo es alles schon gab, was bei euch fehlte. Aber es war auch noch etwas anderes, etwas wie Freude (ein Wort, das du schon lange nicht mehr benutzt!), wenn du gleich hinter dem Bahnhof Bellevue das neue Hansaviertel sahst oder vor einem Schaufenster stehenbleiben konntest, ohne auf die Spiegelung der Passanten in deinem Rücken zu achten. Besser du denkst jetzt nicht darüber nach! Du hast noch ein paar Groschen übrig von damals. Genug fürs Schließfach am Bahnhof Zoo. Willst ein bißchen unbeschwert herumbummeln, bist ja neugierig. Die vielen Fremden im Schalterraum und vorm Bahnhof fallen dir auf, alle ziemlich schäbig angezogen mit grellen Schlipsen. Keiner hat einen Mantel, in den er sich einkuscheln kann vor dem Wind. Gastarbeiter. Du hast davon gehört. Sie sparen für die Familien in Spanien oder in der Türkei, in Griechenland oder in Süditalien. Du würdest ihnen gern etwas Freundliches sagen, weil dir auffällt, daß die Passanten achtlos an ihnen vorübergehen, aber sie verstehen dich ja nicht. Und die anderen würden gleich merken, daß du nicht von hier bist. (Seltsamer Wunsch plötzlich, in den Zoo zu gehen, quer über den Platz, ohne auf Zebrastreifen zu achten, zwischen den parkenden Autos hindurch vor der Neugier weg, vor wessen Neugier?, bei den Raubvögeln stehenzubleiben, die versteint auf den künstlichen Felsen unter der Drahtkuppel hocken!) Alle sind eilig, obwohl sie auch wieder Zeit haben müssen, so viele sind unterwegs, drängen in Warenhauseingänge und heraus, lächeln unter dem Heißluftschleier kurz auf, sitzen bei Aschinger, bei Kranzler, stehen vor Eisautomaten an. Es ist dir nie so aufgefallen, wie selten Menschen lächeln. Du mußt aufpassen, daß du nicht angerempelt wirst und niemanden anrempelst im Menschenstau vor den Ampeln, die Autoreifen pfeifen, gelb, grün, gehen! Du hast von Demonstrationen gelesen, von Polizeieinsätzen, von Schlägereien und Schüssen, es irritiert dich, daß niemand davon spricht. Die Damen tragen Schmuck und Pelze, die Platten auf den weißgedeckten Tischen sind überladen, livrierte Boys schleppen Koffer und Reisetaschen, auch Hutschachteln gibt es noch, es irritiert dich.

Bis du einmal stehenbleibst und auf die Füße siehst, auf die Beine. Laufmaschenstrümpfe, schiefe Absätze, zipfelndes Mantelfutter und beutelnde Hosen. Sehr viel langsamer gehst du an Rundfahrtbussen vorbei und an alten Männern, die Lose verkaufen, und an Jungen, die Zettel verteilen. Sensationen, meine Herrschaften! Sensationen! Gleich hinter der Gedächtniskirche siehst du in Riesenlettern den Film »Doktor Schiwago« angezeigt und daß er schon über zwei Jahre im Europa-Center läuft, ein monströser Film, den Bildern nach. Du weißt, daß Pasternaks Roman bei euch nicht verlegt worden ist, aber das hier! Du erinnerst dich an die Würstchenbuden und den Rummelplatz und die beklebten Bretterwände, die 1961 noch das Eckgrundstück zwischen Tauentzien- und Budapester Straße einnahmen. Babel, ein babylonischer Turm ist da gewachsen! Sicher, du bist altmodisch, oder hast du nur Angst, weil du von drüben bist? Angst – wovor?

Du kannst niemanden fragen.

Den Kindern sagst du natürlich nichts davon.

Sie haben die Wohnung fast ohne Stoffe eingerichtet, nur der Teppich ist so weich und kostbar, daß du immer an seinem Rand entlanggehst bis zum Ecktisch hin. Der Enkel ist lieb, aber sie sehen's nicht gern, wenn du ihn auf den Schoß nimmst. Dein Sohn hat sich freigenommen. Um dir die Stadt zu zeigen, sagt er. Du hoffst, daß du mit ihm reden kannst im Auto. Er gefällt dir nicht, wird schon kahl von der Stirn her und ist zu dick für sein Alter. Bei Tisch haben die jungen Leute nur von Ausgaben und Anschaffungen gesprochen. Ist nicht einfach, wenn ein Kind da ist! Du beobachtest den Jungen beim Fahren, sein angespanntes Gesicht und daß er die Augen schmal macht.

Wohin fahren wir?

Wohin du willst!

Sag mal Junge, bist du eigentlich mit deinem Leben zufrieden? Du wolltest doch –

Er dreht das Radio an, die Sender jaulen, bellen, eine Mädchenstimmte löst sich heraus. Er spitzt die Lippen und pfeift zu ihrem Lied. Da weißt du, daß ihr euch nichts mehr zu sagen habt. Er wird dir Sehenswürdigkeiten zeigen, ihr werdet ein paar Flaschen Wein miteinander trinken, ein paar Weißtdunochgespräche haben, ein paar Fotoalben ansehen, sein Vater ist ja schon 43 gefallen, da war er sieben Jahre alt. Du hörst ihm zu. Er pfeift sauber, obwohl er aufs Fahren konzentriert ist.

Philharmonie, Nationalgalerie, Regina Martyrium, Gropiusstadt, Hochhäuser am Reuter-Platz, die Wasserspiele und auch die Villenviertel, die vielen neuen Einfamilienhäuser, sauber, klein, my home is my castle is my –

Du weißt nicht, warum du wieder an den Zoo hast denken müssen, an die Raubvögel unter der Drahtkuppel.

Am andern Tag bist du allein die Beusselstraße hinuntergegangen, wo noch die alten Mietskasernen stehen, zwei, drei Höfe, Mülltonnen. Nur die Autos am Bordstein sind neu. Das ist anders als in Prenzlauer Berg und Lichtenberg. Und du bist auch im Tiergarten gewesen, an den moorigen Seen und hast den im Laub versteckten Fontane auf seinem Sockel gefunden und am Brandenburger Tor deine Stadt von draußen gesehen. (Andere sind auf den hölzernen Hochsitz gestiegen und haben gefilmt. Für eine Zigarettenlänge die andere Welt auf dem Film.) Sonnabendnachmittag sind die Kinder mit dir zur Havel gefahren mitten in der

Autoschlange. Ein paar hundert gut genährte Menschen haben auf einem Stückchen Sand ein paar hundert aufgedunsene Schwäne gefüttert, ihr auch.

Sie haben dich zum Bahnhof Zoo gebracht und haben gewinkt, was man so winken nennt zwischen den vielen, die da ohne Mäntel herumstehen.

Tiergarten, Bahnhof Bellevue, Lehrter Bahnhof. Letzter Bahnhof in West-Berlin! Das Linoleum des S-Bahnwagens ist grau von der Asche von wievielen Jahren. Höfe, die Spreebrücke. Noch kannst du zurück, kannst einfach im Zug bleiben, du hast ja noch vierundzwanzig Tage. Aber du nimmst deinen Koffer, als der Zug in den Bahnhof Friedrichstraße einfährt, und gehst an den Treppenschächten vorbei, die nirgendwohin führen. Du bist keine von den alten Frauen, die verwirrt sind, daß sie keinen Platz mehr im Leben der Kinder haben, du gibst die Papiere ab, es ist ja in Ordnung so, der Enkel hat große braune Augen und läuft schon und spricht schon fünf, sechs Silben, nächstes Jahr wirst du ihm ein Bilderbuch mitbringen.

Nichts eingekauft? fragt der vom Zoll. Schnaps, Lederwaren, Pelze, Juwelen?

Du mußt deinen Koffer aufschließen.

Zwei Städte oder eine Stadt?

Die Grenze, die von Rudow-Johannisthal im Südosten bis Lübars-Rosenthal im Norden durch den Stadtplan gerissen ist, Wohngebiete und Industriegebiete trennt, Straßen und Familien, und bis unter die Erde in das Nervensystem und das Gedärm der großen Stadt reicht, ist zufällig, wie Rißwunden immer. Kreuze, Tafeln sind aufgerichtet für die Opfer der Flucht, Schilder verkünden: You are leaving und Willkommen in –

Jedes Ich und jedes Du erlebt die jeweils andere Stadt als Ich, als Du, als Er, als Sie, es gibt keine Regeln, keine bestimmten Erinnerungen. Das so viele Jahre unterbrochene Gespräch bleibt gehemmt, denn Slogans und Wünsche sind voneinander so verschieden wie die Reiseziele Mallorca und Rügen. Der Prozeß der Loslösung scheint unaufhaltsam, wenn nicht in beiden Städten Berlin eine weitgehende Übereinstimmung der sozialen Struktur ablesbar wäre, die den Emotionsstau nach der gewaltsamen Teilung hat abflachen lassen und die Menschen hier wie dort mit dem Individualitätsverschleiß konfrontiert, wie ihn der Trend zur Technokratie in allen Industriestaaten fördert. Die zwei Städte Berlin sind, obgleich sie zwei politischen Machtbereichen zugehören, einander nicht so fremd, wie etwa ein Dorf im Bayrischen Wald der Stadt München ist. You are leaving und

Willkommen sind Formeln für die ermüdende Absurdität der Grenze, für Vorurteil, Ressentiment und den Zynismus von Ideologen; Formeln für die unwahrhafte Wirklichkeit, in der wir befangen sind. Bahnhof Friedrichstraße zwischen Lehrter und Börse (heute Marx-Engels-Platz), Bahnhof Friedrichstraße zwischen Unter den Linden (die Züge halten hier nicht) und Oranienburger Straße (die Züge halten hier nicht), Menschenumschlagplatz von 1882 bis zum 12. August 1961, wer steigt heute hier aus? wer steigt ein? Ich, du, er, sie. Gelbe Lampen, Schranken, Schalter. Ein Bahnhof im Fadenkreuz. Genau zu benennen, und doch ein ungenauer Ort, ermüdend absurd, stumm von abertausend Geschichten.

Die Frau mit dem schwarzen Kopftuch

Die Frau trägt ein schwarzes Kopftuch, immer, jeden Tag, bei Sonne, bei Sturm, bei Regen, eine Frau, an der nichts auffällt als das Tuch, das sie unter dem Kinn geknotet hat, und die Pünktlichkeit, mit der sie jeden Tag die Albrechtstraße in Berlin NW 7 zum Schiffbauerdamm hinunter und rechts unter der Stadtbahnbrücke hindurch in den Ruinenbezirk geht, in dem das Leben nach den Bombennächten nicht mehr erwacht ist. Die Frau scheint es nicht zu kümmern, daß ihr niemand nachsieht, sie lehnt sich gegen den Wind und die Staubböen, anstatt in den engmaschigen, düsteren, aber belebten Straßen ihres Viertels umherzuschlendern wie andere alte Frauen und den Anglern zuzusehen, die ihre Ruten in das ölige Wasser der Spree halten und an den Tabakpfeifen kauen, oder den Hausfrauen zuzuhören, die über die schlechten Zeiten klagen und jäh verstummen, wenn sie zur Halle des Bahnhofs Friedrichstraße hinaufsehen, die noch vor wenigen Wochen Umschlagplatz einer Großstadt war, ein leuchtender

Glaspalast abends, und die noch immer ein leuchtender Glaspalast ist abends, scharf bewacht: Kontrollschleuse zwischen Ost- und West-Berlin, Durchlaß für wenige privilegierte Grenzgänger und die westdeutschen Besucher, Kopfstation für einen sinnlos gewordenen Zehnminutenverkehr aus Ost und West. Die Sorgen der Hausfrauen und der Angler, der Nachbarn und der von gegenüber, der Händler und kleinen Angestellten, Posamentenfräulein, Ballettmädchen und Rollkragenkavaliere, der alten Bühnenarbeiter und Zimmerwirtinnen müssen der Frau nichts bedeuten und auch die Klagen um die verlorene Illusion von der Allmacht des Theaters nicht, einer Illusion, die die Westberliner Autos vorm Theater am Schiffbauerdamm Jahre hindurch Abend für Abend hatten aufkommen lassen. Das Berliner Ensemble spielt noch immer, aber die Autos fehlen seit Ende August, und die Jugend fehlt, die mit der Stadtbahn gekommen war; der Schwarzhandel mit Karten ist ebenso eingeschlafen wie der genüßliche Bummel längs der Autoreihe am Spreeufer und die Pausengespräche vorm Theater.

Eine alte Frau mit einem weißen, reglosen Gesicht zählt nicht viel in so einem Viertel mit weltstädtischem Anspruch. Die dort wohnen, sind zu sehr mit sich selber beschäftigt, mit ihren Enttäuschungen und dem Pathos derer, die nahe beim

Theater wohnen. Sie zucken die Achseln, wenn sie die Frau um sechzehn Uhr aus der Albrechtstraße kommen sehen, weiter nichts. Aber der Frau ist es recht. Sie wendet sich nicht einmal nach den Möwen um, die ihr unter der Stadtbahnbrücke hindurch folgen und dann vom Wind zurückgeworfen werden. Sie geht wie benommen von dem rostroten Gewölk des Herbstnachmittags, sie hört die Jalousie nicht gegen die Fensteröffnung in dem Mauerrest schlagen und den Rettungskahn nicht an der Kette reißen, wer sollte hier wohl jemanden retten, wo niemand wohnt? Sie sieht die getigerte Katze nicht die Möwe auf dem Eisenpfosten der Uferumzäunung belauern, unsinniges Warten, beim Ansprung würde die Katze ins Wasser fallen! Sie sieht die Kinder nicht auf dem Gehsteig knien und mit Kreide die Mauer zeichnen.

»Wenn du bis dahin gehst, rufen sie halt! Wenn du weiter gehst, schießen sie.« – »Verrat!« schreit der größere Junge plötzlich und streckt den linken Arm vor und winkelt den rechten dicht vor seinen Augen. »Verrat! Fluchtversuch! Peng!« – »Tot!« Der andre Junge klatscht in die Hände. Der rostrote Himmel ist von tiefvioletten Schatten gekerbt. Die Frau weicht vor den Kindern auf den Fahrdamm aus. Sieht sie doch? Hört sie doch?

»Das ist die Mutter!« sagt eins von den Mädchen und legt den Finger auf die Lippen.

»Peng!« schreit der große Junge wieder und stemmt die Arme ein und lacht, weil das Mädchen ausspuckt vor ihm und ein paar Schritte hinter der Frau hergeht. Die Katze ist zusammengezuckt und reckt sich und biegt den rundgewölbten Rücken durch und schreitet dann quer über den Fahrdamm in die Ruinen zurück. Die Möwe rührt sich nicht.

Der Junge streckt wieder den linken Arm vor und winkelt den rechten dicht vor den Augen und läßt die Lippen mit einem Knall aufspringen. Der andre Junge äfft ihn nach, ehe sie in die Ruinen stieben, wo sie Unterstände aus Ziegelbrocken und Mauerresten gebaut haben.

Die Frau geht vorgebeugt, maskenhaft weiß, ihre Schuhe sind ausgetreten, das schlechte Straßenpflaster kümmert sie nicht, sie geht gegen unsichtbaren Widerstand an. Jeden Nachmittag. Seit Wochen jeden Nachmittag, obwohl es jetzt schon dunkel wird zwischen sechzehn und siebzehn Uhr. Sie kreuzt die Neue Wilhelmstraße, sie folgt noch zehn, zwanzig Schritte dem Spreeufer, bis sie die Mauer drüben genau erkennen kann, die Grenzposten und die Stacheldrähte. Sie bleibt dann immer stehen, nicht plötzlich, eher zögernd, als stoppe sie vor einem Prellbock, macht noch zwei, drei Schritte, fährt sich flüchtig über die Stirn und umfaßt dann das Eisengeländer der Ufermauer. Manchmal sieht ihr einer von den Angestellten der

Bewag zu, der in dem Verwaltungsgebäude in der Neuen Wilhelmstraße über den breiten Abrechnungsbüchern sitzt, und sagt zu den Kollegen: »Bald Feierabend, die Schwarze gibt wieder Vorstellung.« Aber sie lachen nicht, wenn die Frau den Kopf zurücklegt, die Hände heruntersacken läßt und sich dem Wind, dem Regen oder dem rostroten Abendlicht hingibt, minutenlang, für die Angestellten im Bewaghaus viel zu lange, weil sie mit den Abrechnungen fertigwerden müssen bis Feierabend. Wenn einer zufällig noch einmal aus dem Fenster sieht, hat die Frau das Kopftuch aufgeknotet und läßt es wie eine schwarze Fahne am ausgestreckten Arm flattern. Dann reißt sie sich zusammen, bindet das Tuch wieder um und macht auf dem Absatz kehrt. Die Bewagleute bündeln ihre Abrechnungen und heften sie ab, wortlos, mit eingesogenen Lippen. Manchmal sieht einer die Frau noch über die Brücke zum Reichstagsufer gehen. Nur die Rückfront des Postscheckamtes hat dort drüben in der ersten Dunkelheit Lampenlicht hinter den Fenstern. Er verliert die Frau sehr bald aus den Augen.

Stunden später nach Theaterbeginn kommt die Frau mit dem schwarzen Kopftuch von der Weidendammer Brücke her den Schiffbauerdamm entlang und schließt den Kreis ihrer Wanderung Ecke Albrechtstraße. Wer sie zufällig sieht, fragt nicht, wo sie die Stunden über gewesen ist. Sie muß verrückt geworden sein! denkt der eine oder andre, dem die fast automatische Regelmäßigkeit ihres Kommens und Gehens aufgefallen ist. Sie wird nicht anders als todmüde und wundgelaufen schlafen können! denken ein paar Mitleidige hinter den Fenstern.

Am nächsten Tag pünktlich um sechzehn Uhr tritt sie wieder aus der Albrechtstraße, die Augen irren über die Granitstufen, die den Fußgängerweg unter der Stadtbahnbrücke mit der Straße verbinden, wo zu allen Zeiten Frauen auf ihre Männer und Mütter auf ihre Kinder gewartet haben, die vom Bahnhof Friedrichstraße auf dem kürzesten Weg nach Hause gekommen sind. Sie zögert wie vom Frost geschüttelt, dann erstarrt ihr Gesicht und sie biegt rechts ein wie gestern und vorgestern und alle Tage. Die Möwen folgen ihr, bis sie der Wind hinter der Brücke zurückwirft, Kopfsteine und schiefe Granitplatten bleiben unter ihren Schritten zurück, Kopfsteine und schiefe Granitplatten und vergilbte Grashalme dazwischen. Vergilbte Grashalme.

Damit hat es angefangen.

Sie setzt die Schritte so, daß sie die Grashalme niedertritt. Damit hat es angefangen, daß der Junge, der einzige, der ihr geblieben ist nach dem

Krieg, das Gras zwischen dem Kopfsteinpflaster des Fabrikhofes gesehen hat. Aus der Kriegsgefangenschaft entlassen und hat noch immer Schauspieler werden wollen wie als Junge. Es hat ja festgestanden, daß er als der Dritte nichts mit der Fabrik zu tun haben würde, und er hat schon als Schüler seiner Theaterleidenschaft frönen können. Und nun wuchs das Gras zwischen dem Kopfsteinpflaster des Fabrikhofes. Merten, der die Meisterprüfung gemacht hatte, war gefallen, Günter, der Buchführung, Planung und Vertrieb gelernt hatte, war vermißt, der Maschinenpark nach der Niederlage deportiert worden. Vater hatte eine veraltete Drehbank gemietet, aber die Aufträge deckten nicht einmal die Miete. Vater, der die Werkzeugfabrik schon vom Großvater übernommen hatte, ist ein gebrochener Mann gewesen, der nicht aufgeben wollte. Rudolf hat nicht mehr von seinem Wunsch, Schauspieler zu werden, gesprochen, hat das Gras niedergetreten auf dem Hof und ist in dem schmalen Raum, der von der Halle abgetrennt worden ist, stehengeblieben, um dem Arbeiter zuzusehen, der Späne zusammenfegte. Seine ausladenden Bewegungen täuschten Geschäftigkeit vor, es war Mittag, der Mann wollte die Stunden ausfüllen, denn Arbeit lag nicht mehr vor. Noch am Nachmittag hat Rudolf die Liste der alten Kunden zusammengestellt und zwei Monate später

Vater überzeugt, die große Wohnung am Schiffbauerdamm aufzugeben und den Besitz zu veräußern, den zwei Generationen im Wohlstand gesammelt haben. Nach drei Jahren hat die Fabrik wieder rentabel gearbeitet, im vierten Jahr ist Vater des Wirtschaftsvergehens angeklagt und verurteilt worden. Die Fabrik wurde enteignet, und als Vater aus der Haft zurückkam, erhängte er sich in der Kammer neben der Kochstube, in der sie wohnten. Rudolf hat im Lohn gestanden wie die andern in der Halle. Nach Vaters Begräbnis nahm er die Bücher, die er sich angeschafft hatte, und mietete sich ein paar Häuser weiter im Hof ein. Er wollte nun doch Schauspielunterricht nehmen und sagte, daß er Ruhe zum Rollenstudium brauchte. Aber das Gras zwischen dem Kopfsteinpflaster des Fabrikhofes ist wohl schuld, daß es zu spät geworden ist für ihn. Daß er es nicht mehr schaffte, engagiert zu werden. Sie hat ihn kaum gegrüßt, wenn sie ihm auf der Straße in seinem groben Anzug begegnete, weil sie sich geschämt hat, oder nein, weil es so weh getan hat, sich an eine junge Frau zu erinnern, die vor dreißig Jahren mit ihren sorgfältig gekleideten Söhnen die gleichen Straßen entlanggegangen ist. Rudolf hat immer weiße Kniestrümpfe getragen damals und sonntags eine Samtjacke, weil sie sich während ihrer dritten Schwangerschaft so sehr auf ein Mädchen gefreut hatte. Nun lief er in ausgebeulten Hosen und einer Filzjacke umher, sie ertrug es kaum und schlug doch alle paar Tage eine Schüssel mit Essen in ein Tuch und ging die paar Häuser weit zu ihm damit. Und sie hat ihm von ihrer kleinen Rente alle paar Monate ein weißes Oberhemd gekauft. Sie hatte Angst um ihn. Warum war er nach der Enteignung der Fabrik und nach Vaters unseligem Ende nicht in den Westen gegangen? Warum blieb er? Sie wußte nichts von ihm, aber sie blieb um seinetwillen, wenn auch ihre alten Bekannten in den Briefen aus Westdeutschland die Freude am Erfolg nicht verschwiegen und immer wieder anfragten: Warum tut ihr nicht, was so viele tun?

Eines Nachmittags, zu einer Zeit, in der sie noch nie bei ihm gewesen war, traf sie acht oder zehn junge Menschen bei ihm. Trotz des Sommers waren die Fenster geschlossen. Sie hatten also etwas miteinander zu bereden, was niemand draußen hören sollte! Blieb Rudolf darum? Er bat sie, später wiederzukommen und hatte ein so fremdes unbegreifliches Lächeln für sie, daß sie sich nur mit Mühe abwenden konnte, ohne ihn umarmt zu haben. Zwei Stunden später war er allein, das Zimmer war gelüftet, die Aschenbecher entleert und der Tisch an seinen Platz zurückgeschoben.

»Du willst Rechenschaft, Mutter?«

Rudolf hatte sich ihr gegenüber auf einen Schemel gesetzt und sich mit den Ellenbogen auf die Knie gestützt. Um den Wirbel begann sich sein Haar zu lichten. Sie hätte seinen Kopf in ihre Hände bergen mögen, aber sie wagte es nicht.

»Du bist erstaunt, daß ich nicht ein paar hundert Meter von hier über die Grenze gehe, ein Schauspieler ohne Engagement, ja, ohne Abschlußprüfung, ein ungelernter Arbeiter, aber ein enteigneter Erbe, also immerhin ein Bevorrechtigter drüben. Oder genauer: Es ist dir peinlich, daß ich nicht irgendeine Karriere gemacht habe.«

Die in Tücher geschlagenen Schüsseln mit Essen waren ihr eingefallen, die Gespräche um Nichtigkeiten, um durchgestoßene Hemdkragen, um das Schuhebesohlen, um das Wetter. Er hatte ja recht, sie war von ihm enttäuscht. Sie hatte darunter gelitten, daß er ihren Anspruch auf bescheidenen Wohlstand nicht geachtet hatte und daß sein Name auf keinem Theaterplakat zu lesen war. Und das in diesem Viertel, wo sich vielleicht noch manche an Vater und Großvater und an die junge Frau mit den drei gut gekleideten Söhnen erinnerten. Sie hatte die Finger ineinander verschränkt, entschlossen zuzuhören. Und er erzählte, daß er ein Jahr lang im Schiffbauerdamm-Theater volontiert hatte, weil er bejahen lernen wollte, was sie auf der Bühne bejahten, und daß er in diesem Jahr sehr viel gelernt hätte, auch, daß Unrecht, welches einem Menschen widerfährt, nicht gilt. Und daß er deshalb nach der Verhaftung einer jungen Kollegin gegangen wäre.

»Vielleicht bin ich kein echter Schauspieler, der noch auftritt, wenn die Leute tot auf den Sitzen zusammensacken oder wenn das Feuer an die Mauern schlägt«, hatte er gesagt, »doch du verstehst, daß ich aufgegeben habe?«

Er hatte die Gegenfrage nicht abgewartet. Sie hätte dieses: Und was tust du jetzt? vielleicht auch nicht aussprechen können aus Furcht, ihm einen Vorwurf zu machen oder ihn die Bitterkeit spüren zu lassen, die in dem: Und du? mitgeklungen hätte: Du Narr, du sechsunddreißigjähriger Narr! Sie hatte ihm zugehört, wie er ihr von den jungen Leuten erzählt hatte, die sich nach und nach um ihn eingefunden hatten, weil sie alle in ihren Berufen unter dem Meinungsdruck litten und nicht anders zu leben wußten als in der Abwehr des Elends, das die Politik über Einzelne und über Familien brachte.

»Und wovon lebst du?« hatte sie jäh unterbrochen, weil das Gefühl, einem Fremden gegenüberzusitzen, scharf geworden war.

Rudolf hatte sie merkwürdig verkniffen abgeschätzt.

»Ich bin Conferencier. Ich verkaufe Zeitungen!« Er hatte laut aufgelacht.

»Diese Zeitungen?«

Sie hatte sich hochgestemmt und die Lippen aufeinander gepreßt. Ihr war eingefallen, daß er schon längst verheiratet und Vater von zwei oder drei Kindern hätte sein können, der tagsüber ins Büro ging und abends in seiner Familie Aufgabe und Zuflucht gehabt hätte, und sie war ohne Abschied gegangen. Aber sie hatte weiterhin warmes Essen zu Rudolf gebracht. Verstanden hatte sie ihn erst, als er sie gebeten hatte, eine Frau im Nachbarhaus zu betreuen, deren Mann in der Haft gestorben war. Er war Zeitungsverkäufer, um Botschaften aufzunehmen und weiterzugeben. Sie erwartete ihn jetzt häufig an der Treppe der Fußgängerbrücke, wo auch andre Frauen zur Feierabendzeit warteten. Manchmal begleitete sie ihn beim Zeitungverkaufen. Er rief die Schlagzeilen und ergänzte gelegentlich: Aber RIAS behauptet das Gegenteil! Also lügt RIAS. Manche begriffen den bösen Scherz, denn sie hörten alle den verbotenen Sender, andere schwiegen. Aber immer wieder war einer unter den Käufern, der ihn an diesem Scherz erkannte und ihm zuflüsterte: Luisenstraße 4, zweiter Stock links oder: Oranienburger Straße 1, vier Treppen. Sie gingen dann abends oder am nächsten Tag zu den Genannten, die Rat oder Hilfe brauchten.

Rudolf hatte viele Freunde, viele, die ihm verstohlen zunickten, viele, die ihm vertrauten. Zu viele, fürchtete sie, und daß die Legende um ihn einmal zu mächtig werden würde und die nächste S-Bahnstation oder die paar hundert Meter bis zur Grenze zu weit für ihn sein könnten. Aber sie fragte nicht: Wann gehst du?

Im Sommer 1961 brachte er ein paarmal Kinder zu ihr, die auf der Flucht von den Eltern getrennt worden waren, und die sie in den Westen brachte. Sie fragte nicht, sie fügte sich seinen Anweisungen. Auf der Rückfahrt mit der Stadt- oder Untergrundbahn dachte sie wohl daran, daß die Leute im Haus und in der Straße über die verschiedenen Kinder, die sie zu Gast hatte, rätseln würden, aber wenn sie in die müden Gesichter aller derer sah, die wie sie abends in den Ostsektor zurückfuhren, Familienväter, die im Westen arbeiteten, Frauen, die im Westen eingekauft hatten, tröstete es sie, eine unter vielen zu sein, die noch immer blieben, noch immer nicht aufgaben und doch gewiß auch von den Leuten in ihren Straßen gekannt und beobachtet wurden.

Und dann kam Rudolf mit der Nachricht, daß die Grenze gesperrt worden war. Er ließ die Zeitungstasche voller Sonntagsnummern auf den Boden fallen. Die beiden Mädchen aus Mecklenburg, die er Sonnabend spät in der Nacht zu ihr gebracht hatte, fingen an zu weinen. Ihre Mutter war vermutlich bei der Kontrolle aus dem Zug geholt worden, sie hatten sie auf dem Ostbahnhof nicht wiedergetroffen und waren durch irgendwelche falschen Auskünfte oder in der Angst zu fragen in die Irre gefahren. Rudolf hatte sie völlig erschöpft gefunden. Sie hatte ihnen noch nachts eine Suppe gekocht, die Kinder hatten lange geschlafen, die Ältere hatte eben erzählt, daß der Vater schon eine Stellung im Westen hatte und ein möbliertes Zimmer. Und nun war das eingetreten, das Ungeheure, was sie seit Wochen gefürchtet hatten und nicht hatten glauben wollen. Die Kinder weinten. Rudolf fuhr sie an: »Seid doch still! Wenn sie euch hören! Verdammt, seid doch still!« Da hatte sie plötzlich gewußt, daß er genauso hilflos war wie die Kinder, die vor sich hinwimmerten. Sie hatte ihm Tee eingegossen, während er auf dem Boden kniete und die Zeitungen wieder zusammenfaltete, er hatte einen Schluck getrunken und war hastig aufgebrochen. Sie hatte ihm hinter dem Fenster nachgesehen. Seine Arme flatterten. Sie kannte das nicht an ihm. Dann hatte sie die Kinder beruhigen müssen, fremde Kinder, die in ein staatliches Erziehungsheim kommen würden, ob ihrer Mutter nun die Flucht geglückt war oder nicht. Wieviele solcher Kinder hatte sie über die Grenze gebracht in den letzten Wochen? Sie wußte es nicht mehr. Waren es zehn? Waren es zwölf? Sie hatten ihr alle vertraut, und sie waren alle fast grußlos auf ihre Mütter zugeeilt, wenn der Lagerleiter in Marienfelde die hatte rufen lassen. Sie war dann mit den vielen Namenlosen zurück in den Osten gefahren, die alle nicht aufgeben wollten und die in dieser Stunde alle wissen würden, daß es vorbei war, daß die stummen Beobachter hinter Türen und Fenstern nun mächtig waren, daß es vergeblich gewesen war zu trotzen.

Sie hatte die Kinder an sich gedrückt, und sie hatten alle drei geweint.

Aber es ist erschreckend, daß Tränen versiegen und sich nichts geändert hat, daß die Kinder ein Mittagessen und wärmere Decken zum Schlafen haben müssen, daß ihre Wäsche zu waschen ist, ihr Haar zu bürsten und ihre Fingernägel zu schneiden sind. Daß sich nichts ändert. Nichts.

Rudolf verkaufte seine Zeitungen, Rudolf kam mit vielen Menschen zusammen, aber er fand keinen Weg für die Kinder. Er kam jetzt jeden Mittag zu ihr in die Kochstube, sie brauchte die Schüssel mit dem Essen nicht mehr in Tücher zu schlagen und zu ihm zu bringen. Es gab Augenblicke, in denen sie dankbar war, daß sie nun beide miteinander am Tisch saßen und mit den Kindern rechneten oder sie Diktate schreiben ließen oder auch Bilderlotto mit ihnen spielten, denn es war für die schwer, sich ohne Beschäftigung still zu verhalten.

Aber irgendeiner mußte doch beobachtet haben, daß die Kinder noch bei ihr waren, schulpflichtige Kinder, die Ferien waren vorüber, dieser Irgendeine hatte es weitererzählt, sie wurde aufgefordert, die Kinder binnen drei Tagen polizeilich zu melden oder sie an die Erziehungsberechtigten zurückzugeben. Rudolf hatte mit dieser Möglichkeit gerechnet. Er hatte herausbekommen, daß der Vater der Kinder in Dortmund lebte, aber nach bestehenden Gesetzen als Republikflüchtling kein Recht auf die Kinder hatte, wenn er im Westen blieb.

»Sie müssen also über die Grenzmauer«, hatte Rudolf eines Abends gesagt, als die Kinder schliefen. »Wenn mir Zeit genug bleibt, finde ich vielleicht einen legalen Weg. Ich möchte sie ungern der Lebensgefahr aussetzen, die Flucht jetzt bedeutet. Wenn wir aber gedrängt werden sollten, rufe im Baumschulenweg an. Merk dir die Nummer, ich kann sie nicht aufschreiben. Ein junger Mann und eine junge Frau werden auf den Anruf hin kommen und die Kinder abholen. Sieh zu, daß die Mädchen freundlich zu ihnen sind und daß die Leute in der Straße den Aufbruch sehen. Am besten begleite sie, so wie eine Großmutter ihre Kinder und Enkel begleiten würde.«

Sie war also zur Telefonzelle gegangen und hatte die Nummer angerufen. Gegen Mittag kam das junge Paar, sie brachen zu fünft auf, um einen Stadtbummel zu machen. Die Kinder waren sehr lebhaft, weil sie nun endlich wieder auf der Straße waren, sie bekamen Eis und Bonbons, sie gingen zum Märchenbrunnen in Friedrichshain, sie aßen Rostbratwürste auf einem Jahrmarkt und fuhren Karussell und Riesenrad. Niemand redete über das, was sie vorhatten. Sie verabschiedete sich an einer Straßenbahnhaltestelle. Die jungen Leute ließen Rudolf grüßen, die Kinder wollten sie gar nicht loslassen. Sie stand dann und winkte dem Straßenbahnzug nach. Im Traum steht man manchmal so und winkt, winkt, um sich gegen die Angst zu wehren, vom Hohlraum ringsum aufgesaugt zu werden. Sie erinnerte sich nicht, wie sie nach Hause gekommen war. Die Tür zur Kochstube war nur angelehnt, vielleicht hatte sie abzuschließen vergessen, der Schnapper faßte nie recht. Ihr fiel ein, daß sie keine Kartoffeln für Rudolf gekocht hatte. Sie stellte den Korb auf den Tisch, nahm das Küchenmesser aus der Schublade und ließ Wasser in den Steintopf, sie roch die Erde an der Kartoffelschale, sie schälte eine Spirale wie immer, sie zerschnitt die Kartoffel und ließ sie ins Wasser springen, sie nahm die nächste aus dem Korb. Jemand stand vor ihrer Tür. »Rudolf!« rief sie. Die Tür wurde langsam aufgestoßen. Es war der alte Mann, der eine Treppe höher wohnte, und den sie manchmal grölen hörte, weil er gern trank. Schon seine Kleidung roch nach Schnaps. Sie ekelte sich. Sie schämte sich wieder ihres Elends, sie schämte sich wieder, daß Rudolf Zeitungen verkaufte, statt einen ordentlichen Beruf zu haben, und sie schämte sich wieder ihres verlorenen Lebens.

»Wissen Sie's denn?« fragte der alte Mann.

Sie nahm die dritte Kartoffel aus dem Korb. Sie wollte mit dem nicht zu reden haben. Er schob sich dicht an den Tisch, schob den Korb von der Kante weg und stützte sich auf. Sie schälte langsam, hauchdünn, eine saubere Spirale.

»Die haben Ihren Sohn – Frau – die haben Ihren Sohn.«

»Wie? Was?«

Der Alte hakte einen Daumen in die Manteltasche. »Heute nachmittag.«

Mit einem Mal war ihre Stube voller Menschen, lauter fremde Menschen, nein richtig, sie kannte sie alle vom Sehen, Nachbarn, Leute aus dem Viertel. Die Stimmen stießen zu.

»Haben ihn gesucht! Drüben, wo er wohnt, und hier und im Keller und auf dem Boden! Gefaßt hab'n sie'n in de Ruinen. Muß ihn einer verpfiffen haben wegen irgendwas. So feste hab'n se gesucht.« – »Ob se geschossen haben, weeß man nich. Er hing so in den'n ihre Arme.«

Die Stimmen stießen zu, aufgeregt flüsternd, neugierig. Wer? Was? Endlich ist was los! Ob se geschossen hab'n?

Die dritte Kartoffel war abgeschält. Sie suchte den Korb, um die vierte herauszunehmen, aber der Korb war ans andre Ende des Tisches gerutscht.

Langsam begriff sie. Rudolf war verhaftet. Rudolf nun auch. Nichts anderes begriff sie. Und da muß sie wohl schrill aufgeschrien haben. Die Stube leerte sich. Auch der alte Mann mit dem Schnapsgeruch ging, blieb aber noch in der Tür stehen.

»Ich wollte nur sagen, Frau, von unsre hier war's keener gewesen. Vielleicht haben Se irgendwo telefonier'n müssen. Vielleicht war da 'n Abhörkabel drin. Oder – nuja, Sie wissen, kannten ziemlich viele Ihr'n Sohn.«

Die Tür schnappte zu. Die Hände mit dem Kartoffelmesser lagen im Schoß, ein Messer mit schwarzen Flecken, scharf, spitz. Warum lag das so still? Warum?

Das ist viele Wochen her. Rudolf hat einmal geschrieben: »Du mußt dich nicht sorgen«, hat er geschrieben, »das Essen sättigt.« Die nächste Nachricht ist vom Arzt unterzeichnet gewesen. Rudolf ist tot. Nierenbluten. Und die Kinder haben ihr geschrieben, daß sie nun in einem Heim wohnen würden und Junge Pioniere geworden wären und daß sie die Betten übereinander hätten. Sie hat ihnen das Märchenbilderlotto geschickt, weil die ja nun ganz andere Spiele lernen und die Märchen vergessen werden, in denen sich Eltern und Kinder immer wieder zusammenfinden.

Jeden Nachmittag um sechzehn Uhr geht sie zur Spree hinunter. Kurz nach sechzehn Uhr soll es geschehen sein damals. Zuerst hat sie in den Ruinen nach der Stelle gesucht, aber ihr hat niemand dabei geholfen, und sie hat keine Spur von einem Versteck gefunden. Nun geht sie an den Ruinen vorbei, die Möwen folgen ihr, bis sie hinter der Stadtbahnbrücke vom Wind zurückgeworfen werden, die Jalousie schlägt an, der Rettungskahn reißt an der Kette, eine getigerte Katze reckt sich und biegt den rundgewölbten Rücken durch, wenn sie vorbeikommt. Sie geht über die Neue Wilhelmstraße und dann noch zehn, zwanzig Schritte am Ufer weiter, sie knotet ihr Kopftuch auf und läßt es flattern.

Drüben, jenseits der Spree, ist die Mauer zu sehen, stehen die Posten. Sie verknotet das Kopftuch wieder. Niemand sieht ihr ins Gesicht dabei.

Und dann kehrt sie um und beginnt die lange Wanderung bis zur Nacht.

Der Nebenmann

Die Scheinwerfer stellen Wände aus weißem Licht in die Nacht. Wild fängt sich in solchen Scheinwerferwänden. Das weiß er noch vom Motorradfahren. Plötzlich hatten Rehe auf ihn gestarrt, hatten gestanden, gebannt, die Lauscher aufgerichtet.

Fahr zu, hatte es ihn gedrängt, wirf sie um! Aber er hatte gebremst, Margot war gegen ihn geprallt, die Tiere waren mit einem Satz aus dem Licht gesprungen, gerettet, und von der Finsternis neben der Straße aufgeschluckt worden. Margot hatte mit dem Gesicht gegen seinen Rücken geweint. Daran erinnert er sich, jedes Mal, wenn er nachts Dienst hat: an die Wärme zwischen den Schulterblättern und an die leere Straße und wie ihm Margot gedankt hatte nachher, daß er die Tiere geschont hatte. Dabei wären sie beim Draufzufahren ganz übel gestürzt, und Margot hätte eher für ihr eignes Leben und ihre heilen Knochen danken sollen.

Aber es stimmt ihn weich, an das Erlebnis zu denken; es hilft, das Warten ertragen. Daß die

Stunden vergehen, daß er abgelöst wird, daß er Post bekommt, darauf wartet er genau wie die andern warten, weil in dem Abschnitt am Stadtrand von Berlin, in dem sie seit Wochen Dienst tun, nichts geschieht, was ihre Aufmerksamkeit fordert. Die drüben hinter der Grenze sehen über sie hinweg, wenn sie morgens die Fenster aufstoßen und ihre Autos anlassen und ihre Räder aufpumpen und zur Omnibushaltestelle gehen und sehen über sie hinweg, wenn sie abends zurückkommen und von ihren Frauen erwartet und von ihren Kindern umsprungen werden. Und vormittags, wenn die Frauen Netze und Taschen schleppen und die Kinder nicht bei der Hand nehmen können, reden sie auf sie ein, wenn die mit den Fingern herzeigen. Und alle zehn Minuten, wenn ein neuer Omnibus die Endstationsschleife ausgefahren hat und Fahrer und Schaffner den Fahrer und Schaffner vom Bus vorher auf der Sonnenbank ablösen, wenden sie ihnen die Rücken zu, jedesmal wieder. Da ist niemand, der hersieht, niemand, der sie beachtet auf ihren Posten hinter dem Stacheldrahtnetz und dem aufgepflügten Streifen Gartenerde, als gälte das Diensttun nicht und nicht das Frage- und Antwortspiel der Instruktionsstunden. Posten an der Friedensgrenze, was tut ihr, wenn euer Nebenmann sich als Agent verrät? Wenn einer aus dem rückwärtigen Gelände durchzubrechen versucht? Wenn ihr angegriffen werdet? Wenn ihr provoziert werdet? Wenn ... Wenn ...

Sie warten. Auf Ablösung, auf Post und darauf, daß diese durchsichtige, undurchlässige Wand aus Gleichgültigkeit zerspringt, daß die Scheinwerfer in Bewegung geraten und die Stille, in der sie gefangen sind beim Nebeneinanderhergehen. Posten auf Wache. Kaum erkennt einer den andern. Nur das Lederzeug riecht und der Atem, Pfeifenraucheratem, und darum weiß er den Namen des Nebenmannes: Sigurd. Nichts sonst. Wo der her ist, weiß er nicht; was der gelernt hat, weiß er nicht; was der denkt, weiß er nicht. Sigurd, so nannten die Nazis ihre Söhne. Lächerlich. Ob der Nebenmann ahnt, was sein Name bedeutet? Sigurd, der glückliche Held! Später, wenn sie verheiratet sind und ein Kind erwarten, wird er mit Margot darüber sprechen, wie unsinnig es sei, durch die Namensgebung etwa das Schicksal des künftigen Menschen beeinflussen zu wollen. Er wird ihrden Nebenmann beschreiben, der dicklich ist und in den Instruktionsstunden entweder am Bleistift kaut oder mit auffälligem Eifer dabei ist; und er wird ihr den Sigurd der Sage beschreiben, so wie er noch in den Schulbüchern seiner älteren Schwestern beschrieben ist: knabenhaft draufgängerisch, stumpf für die Leidenschaft der Frauen, taub für die Gefahr – aber es will ihm nicht gelingen, sich Margots Gesicht vorzustellen. Vielleicht langweilt sie der Vergleich, vielleicht wird sie ihren Sohn nun erst recht Sigurd nennen wollen, wer weiß. Es will ihm nicht gelingen, sich die Ehe mit Margot vorzustellen, die Zukunft, die doch zu errechnen ist: erste, zweite, dritte Beförderung, eigne Wohnung, eignes Dienstzimmer – er kann sich das aufzählen, wie man die Lebensdaten eines Fremden aufzählt. Immer wird einer neben ihm sein, der irgendeinen Namen hat und ihn nichts angeht, und dem er doch nicht ins Gesicht spucken oder ihn wegstoßen kann, weil einer für den andern da zu sein hat, weil einer für den andern verantwortlich ist. So heißt es in der Instruktionsstunde.

Als ein Baum schaudert, zuckt Sigurd neben ihm zusammen, bleibt aber nicht stehen, ja, sieht sich nicht einmal um. Rechts links rechts links, der Boden ist uneben, schluckt ihre Schritte, aber da war ein Geräusch; und hinter der Scheinwerferwand warten sie darauf anzugreifen, so heißt es in der Instruktionsstunde. Er kann sich nicht vorstellen, daß die drüben auf anderes warten als auf das Ende der Nacht. Der Gewehrriemen drückt. Er reckt sich, um das Gewicht des Gewehrs zu verlagern. Wenn er es doch von der Schulter nehmen und in die weiße Wand schießen, die weiße Wand zerstören könnte! Ein Baum schaudert! Hört ihr's nicht! Das ist doch was, wenn ein Baum in einer windlosen Nacht schaudert!

Aber er schweigt. Sie machen an der gewohnten Stelle kehrt, das Gewehr schlägt gegen den Oberschenkel. Wieder schaudert der Baum. Sigurds Gesicht ist scharf umrissen vor der weißen Wand: der Helm, die Nase, die zusammengepreßten Lippen. Warum kann er ihm nicht auf die Schulter tippen, ihm nicht zuflüstern: Mensch, hörst du nichts? Hat was vor, der Baum! Vielleicht verbirgt er eine Eule, die das Licht stört, oder ein Reh. Ich hatte mal Rehe im Scheinwerfer, habe sie laufen lassen, verstehst du! Verstehst du das?

Das Gewehr schlägt bei jedem Schritt an. Er geht neben dem andern her, von dem er nichts weiß als den Namen.

Das ist das Zeichen! Der Baum! Einer hat in die Äste gegriffen. Wir sind so weit, heißt das. Und du?

Sigurd hätte mit dem Wachkameraden reden sollen, ihn überzeugen mitzumachen. Drüben nähmen sie Volkspolizisten auf, er hätte gewiß davon gehört. Aber Sigurd ist nicht ganz sicher gewesen, ob heute schon Neumond ist. Das Schweigen des andern hat ihn irritiert. Unsre Väter haben schon Gräben gebaut und Drahthindernisse gezogen und Panzersperren eingerammt – so hätte er anfangen können –, uns paßt das nicht mehr, wir wollen die Drahtschere nehmen! Aber das Schweigen des andern hat ihn irritiert, denn der ist so einer, von dem man nicht weiß, was er denkt. Der schweigt auch, wenn sie auf den Strohsäcken liegen und Witze reißen, soll aus einem Nest im Fläming sein; da sind sie ja wohl so ein bißchen absonderlich, weil der Boden nichts hergibt als Kiefern und Heidekraut. Was denkt denn so einer? Wer ist er denn? Sie halten Abstand. Der Boden schluckt ihre Schritte. Sie horchen.

Wer ist der andre? Wer – ist – der – andre?

Sigurd hat das nie fragen müssen früher.

Er erinnert sich noch seines ersten Geländespiels bei den Jungen Pionieren. Zu Hause waren die Verwandten versammelt gewesen, um sich an Kuchen satt zu essen, weil sein zehnter Geburtstag war. Mutter hatte geschimpft, als er gegangen war, aber er hatte sich besser als alle Jungen in den Schlupfwinkeln der Höfe und Ruinen ausgekannt und keine Fährte übersehen, die Jungen hatten sich ihm anvertraut, und beim gemeinsamen Singen nach dem Abschluß des Spiels war ein Ring um seine Brust zersprungen. Das mittelmäßige Leben seiner Eltern und seiner Verwandten ging ihn mit einem Mal nichts mehr an. Die hatten fast alle irgendein kleines Amt bei den Nazis gehabt und sich seitdem nicht mehr um Politik gekümmert, hatten ihn mit an den Kaffeetisch zwingen und hindern wollen, Junger Pionier zu werden. Die oben brauchen immer nur Handlanger, sagte Vater, und Mutter hatte ihm das gewünschte Pionierhemd nicht geschenkt zum Geburtstag. Aber einer aus der Nachbarschaft hatte ihm sein Hemd geborgt. Er hatte auflachen müssen mitten beim Singen, weil es so leicht gewesen war, dem Willen der Eltern auszuweichen, und hatte seitdem nicht mehr um Erlaubnis gefragt, wenn er zum Dienst als Junger Pionier und später als FDJler gegangen war, und hatte sie auch nicht gefragt, ehe er sich zur Volkspolizei gemeldet hatte. Und dann war seine Mutter mit einem Apfelkuchen in der Tasche gekommen, um ihn zu seiner Einkleidung zu beglückwünschen und mit ihm zu feiern.

Nein, er hat nie gefragt: Wer ist der andre? Hat es nie fragen müssen.

Er hatte auch nicht gezweifelt, daß er nach ein paar Jahren aus dem Mannschaftsstand aufsteigen würde. Er war beliebt, er konnte Witze behalten und wiedererzählen, er war zwar kein guter Schütze, aber er war eifrig im politischen Unterricht und sorgfältig in der Pflege der Montur. Und als sie vor sechs Wochen in den Berliner Stadtrandbezirk kommandiert worden waren, hatte er, selber Kind einer Stadtrandlandschaft mit Einschüben von Wald und Stichkanälen und ins Leere mündenden Gleisen, mit Arbeitersiedlungen, geflickten Zäunen und Kaninchenställen, in den ersten Tagen das Abenteuer genossen, im Einsatz zu sein und sich im Gelände zurechtzufinden. Dabei war er auf eine Frau gestoßen, die dicht neben dem aufgepflügten Streifen in den Erdbrocken herumstocherte. Sie hatte sich auf seine Aufforderung zu gehen nicht gerührt. Er hatte den zweiten Wachhabenden herangerufen, und sie hatten die Frau hochgezerrt. Dabei waren Scherben von Einweckgläsern aus ihrer Schürze geglitten. Ein andermal hatte er einen alten Mann mit zwei leeren Eimern im verbotenen Grenzgelände getroffen, der vor ihm davongerannt war, so schnell er konnte. Und als er einer jungen Frau das Kind, das bis an den zweiten Stacheldraht gelaufen war, zurückgebracht und sie nicht gedankt hatte, war ihm ein Fluch entfahren. Diese spröden, tauben Leute hier! Verhielten sich wie Zivilisten im Feindesland zur Truppe! Die junge Frau hatte auf den gepflügten Streifen gezeigt: »Wir haben dort gewohnt. Nicht mal die Äpfel haben sie uns abernten lassen.« Da war Sigurd zum ersten Mal keine Antwort eingefallen, seitdem er an seinem zehnten Geburtstag ein Uniformhemd geborgt hatte.

In den Instruktionsstunden wurden ähnliche Begegnungen mit der Bevölkerung und Gerüchte von Zusammenrottungen Jugendlicher in der Innenstadt zur Sprache gebracht. Aber der Zivilist, der die Stunden durchführte, hatte abgewinkt. Die Stimmung der Bevölkerung wäre nicht der Rede wert. Sigurd hatte von einem zum andern gesehen. In den Gesichtern hatte sich nichts gespiegelt. Und doch mußten auch die andern verstanden haben, daß dieser eine Satz sie zu Handlangern machte. Vater war ihm eingefallen, und er hätte es ihm gern geschrieben. Aber die Post stand ja unter Kontrolle. Nach der Instruktionsstunde hatten alle stramm gestanden wie immer und Dienst gemacht wie immer. Dienst an der Abschnittgrenze im Laubenbezirk, Dienst hinter dem aufgepflügten Streifen, wo früher Apfelbäume gestanden hatten.

Und doch schien etwas nicht mehr zu stimmen seitdem. Der Instrukteur war versetzt worden, Gerüchte von Kameradenflucht tauchten auf, ohne daß ihre Herkunft erkennbar war. Eines Nachts auf Wache hatte Kurt gefragt: »Was hältst du davon? Neumond und Tanne!« Und er hatte verstanden: Fluchtversuch zwischen den Spielfeldern der Abschnittscheinwerfer ungefähr auf der Höhe der Tanne. Aber Kurt und zwei Mann waren am andern Tag zu Schanzarbeiten abkommandiert worden. Wer hatte sie angezeigt?

Sigurd hatte auf jener Nachtstreife ja gesagt, ohne zu überlegen. Der Mond war noch hell. Er hatte Bedenkzeit. Er liebte das Abenteuer und war kein Spielverderber. Aber hatte er deshalb ja gesagt? Er wußte es nicht genau. Er wartete. Ihm geschah nichts. War irgendeiner als Versucher, als Spion eingesetzt gewesen und hatte Kurt und die andern verraten? War niemandem mehr zu trauen?

Die Wachgemeinschaften wechselten unregelmäßig. Wolken hatten den herbstlich klaren Wind eingesackt. Sigurd hatte gerechnet. Heute oder morgen mußte Neumond sein. Heute oder morgen.

Und jetzt haben sie das Zeichen gegeben. Wir sind soweit! heißt das. Und du? Und der andre?

Nie hat er fragen müssen, solange er Mißtrauen und Lüge nicht gekannt hat. Nie hat er fragen müssen: Wer ist der andre? Wer? Im Rhythmus des Gleichschritts hämmern die Fragen hinter der Stirn. Der flüchtig gerodete Boden antwortet nicht.

Die Rehe! Wenn ihm die doch nicht eingefallen wären! gebannt, die Lauscher aufgerichtet. Wenn ihm die doch nicht eingefallen wären! Er fährt mit der Hand über die Augen. Gebannt sein! Von etwas gebannt sein! Völlig ausgelöscht oder völlig da, blind oder übersichtig! Das müßte einen emporschleudern aus Gleichgültigkeit und Warten. Emporschleudern und vielleicht auch fallen lassen nachher.

Sigurds Gesicht unter dem Helm verschwimmt.

Er versucht, an die Rehe im schwarzen Dickicht zu denken. Entkommen! Wenn aber der Fuchs sie reißt? Wenn die Fallschlingen der Wilderer sich zusammenziehen? Doch er atmet rascher, als habe er das Gesetz entdeckt, das die Einförmigkeit der Tage und Jahre aufhebt: von etwas gebannt sein und vielleicht auch zerstört – aber einmal, eine Sekunde lang ohne Erwartung sein, da sein! Das Gesetz, nach dem er schon immer gesucht hatte, wenn er sich beim Beerenpflücken zum Gelächter seiner Schwestern abseits gehalten hatte, um besser nachdenken zu können, um das Gesetz, das ihm seines Vaters Singen auf dem letzten Weg erklärte, zu finden. Den hatten sie verhaftet, weil die Leute von weither gekommen waren, nachts, vermummt, um in dem leerstehenden Schafstall mit ihm zu singen und zu beten. Vater war nicht wiedergekommen. Erschossen, hieß es, und daß er gesungen hätte auf dem letzten Weg. Darüber hatte er nachdenken wollen beim Beerenpflücken und auch darüber, daß ihm von den wenigen Nächten, die er mit dem Vater im Schafstall gewesen war, nur die Umrisse verzerrter Münder, riesige Stirnen und zerklüftete Augenhöhlen im Gedächtnis geblieben waren; doch er hatte sich von den braunen und violetten und gelben Lichtflecken des Nadelwaldes ablenken lassen, und seines Vaters

Leben und Tod waren ihm unerklärlich geblieben. Er fing an, seine Mutter und die Schwestern zu verachten, die sich damit brüsteten, und von der heimlichen Gemeinde deswegen verehrt wurden. Mit Fenster-einschlagen, Tote-Ratten-vor-die-Tür-legen und der Weigerung, die Früchte des Waldes für die Brüder und Schwestern der Gemeinde zu ernten, hatte er sich zuerst gewehrt, später war er dann als Fahnenträger der Jungen Pioniere durch das Dorf marschiert und hatte die Angst hinter den Fenstern und Gardinen genossen, die Sekte war ja verboten, und er hätte manche Anzeige erstatten können; es hatte ihm Spaß gemacht, gefürchtet zu werden, und es hatte ihm Spaß gemacht, von den Jungen angebetet zu werden, mit denen er durch die Wälder streifte und denen er Geschichten und Sagen erzählte, die die andern längst nicht mehr kannten.

Es hatte ihm Spaß gemacht, mehr nicht. Er hatte sich dabei beobachtet wie einen Fremden. Als er auf einem Sportfest einem Jungen begegnete, der die gleiche Kälte zur Schau trug wie er, und sie Partner beim Ringen waren und sich nicht bezwangen und Punktsieger beim Schießen waren und Punktsieger im Dreikampf und bei der Siegerehrung nebeneinander standen und sich anstarrten, war ihm in jähem Erschrecken deutlich geworden, daß er von sich nicht mehr wußte als von dem andern: Bewegungen, beim Kugelstoßen das Zurückfedern und zielbewußte Vorschnellen, beim Laufen das Anwinkeln der Arme und das Zurücklegen des Kopfes und das Sich-Vorkrümmen beim Sprung, erlernbare Bewegungen, Marionettenbewegungen. Auf der Rückfahrt im fahlgrünen Karbidlicht des Eisenbahnabteils hatte er die Jungen seines Dorfes einen nach dem andern angesehen. Sie sangen zusammen, sie marschierten zusammen, sie lasen Broschüren und besprachen sie, sie bückten sich reihenweise bei der Kartoffelernte, sie holten reihenweise zum Schwung aus beim Heuen, sie lebten, wie es vorausgesetzt wurde, sie kannten einander beim Namen, aber sie bewegten sich wie Marionetten. Er war nach dem Sportfest an Lungenentzündung erkrankt. In den Träumen hatten sich die Bewegungen unzähliger Arme und Beine zu rasenden Wirbeln gesteigert, und als das Fieber abgeklungen war, hatte der Krankenhausarzt gesagt: Ihr wollt zu viel aus euern Körpern herausholen. Den Satz hatte er sich gemerkt. Weil er noch krankgeschrieben war und Zeit hatte, im Wald umherzustreifen, hatte er wieder Beeren und Pilze gepflückt und sie seiner Mutter für die Gemeinde gebracht. Aber ihr wortreicher Dank und die heimliche Prahlerei mit seiner Umkehr waren ihm noch unerträglicher, als verachtet zu werden.

Er meldete sich zur Volkspolizei, weil im Dorf

durch Plakate dafür geworben wurde. Das Zuviel-aus-den-Körpern-herausholen-wollen war noch immer errechenbar, meßbar, glaubwürdig. Sein Diensteifer war sehr schnell aufgefallen, er war für einen Offizierslehrgang vorgeschlagen worden, hatte sich aber zurückstellen lassen, weil er Margot an einem der dienstfreien Sonnabende kennengelernt hatte und sie schon vom Heiraten gesprochen hatten, als sie nach dem Tanzen in ihr Heimatdorf zurückgefahren waren. Sie war nicht besonders hübsch, sie hatte rote Hände von ihrer Arbeit in der Papierfabrik, aber sie saß auf dem Soziussitz wie alle Mädchen, und er fuhr sie nach Hause wie alle Kameraden ihre Mädchen nach Hause fuhren, zügig, forsch und auf den Lenker gelehnt. Auch in der Nacht, als sich die Tiere im Scheinwerfer verfangen hatten.

Wenn ihm die doch nicht eingefallen wären! gebannt, die Lauscher aufgerichtet.

Das Gewehr schlägt an, der Riemen reibt, rechts links rechts links, Marionettenbewegungen, die Friedensgrenze bewachen, Unterstände bauen, es gibt kein Salz, hat Margot geschrieben, wenn du mir welches besorgen kannst – Panzersperren rammen, Betonpfähle setzen –, es gibt keine Nadeln, hat Margot geschrieben, und wenn du Obst siehst, der zweite Teil des Satzes war überstempelt, zensiert. Obst haben die Frauen in ihren Netzen, drüben, hinter der Grenze, hinter dem aufgepflügten Streifen, rechts links rechts links, das Gewehr schlägt an, der Riemen reibt, heute ist Sigurd neben ihm, ein andermal Frank, ein andermal Peter, gleichgültige Namen, Uniformen, Helme, Männergespräche vorm Einschlafen, Prahlerei. Eines Tages wird er Margot heiraten, die Männergespräche werden ihm in den Ohren sein, eines Tages wird er Vater sein, das kostet ein paar Lagen. Salz, wir haben kein Salz, schreibt Margot – wenn er doch einmal den Rhythmus durchstoßen könnte, einmal! Sein Vater habe gesungen, heißt es, als man ihm die Augen verband. Aber das ist viele Jahre her und vielleicht nur ein Märchen, der Bauer, der's erzählt hat, ist längst im Westen, um nicht ein zweites Mal nach Bautzen zu kommen. Denn wie kann einer singen, die Augen verbunden, einer, der nichts erreicht hat, kein eignes Haus, keinen Namen, ein Fetzchen Pachtland für Kohl und Blumen, nichts; wie kann der singen, den Tod vor sich, drei Schüsse, und dann vermutlich auf einen Karren geworfen – wie kann der singen? Geblendet. Gebannt?

Wieder hört er den Baum schaudern.

Sigurd zieht die Drahtschere aus der Hose. Er kommt aus dem Gleichschritt dabei. Wozu auch noch Gleichschritt halten? Er spielt mit der Drahtschere. Wenn sie jetzt wenden, wird er das Gewehr von der Schulter gleiten lassen und die Drahtschere hochreißen. Verstehst du? Stumme Zwiesprache mit dem andern: Verstehst du? Die Drahtschere in der Hand bedeutet Flucht! Und dabei wird er so tun, als müsse er sich erbrechen, damit der andre sich abwendet. Noch sind es zehn Schritte, noch acht. Die vom Nachbarabschnitt lassen die Scheinwerfer gleiten. Häuser. Bäume. Wie auf einer Drehbühne wechseln die Bilder. Er wittert die drei oder vier, die es mit ihm wagen wollen, weiß nicht einmal genau, wer sie sind. Warum nicht warten bis morgen? Oder warten, bis sie an einen andern Abschnitt verlegt werden? Oder warten, bis der andre die stumme Sprache verstanden hat? Wenn der schießt, ist es aus. Ein Schlag in den Rücken, und dann schon Alarm, Schreie: das Ende.

Und wenn er nicht schießt?

Sie wenden.

Jetzt!

Sigurd merkt, daß er viel zu laut stöhnt, als er sich vorbeugt.

Irgend etwas bewegt sich. Tiere?

Er macht einen Schritt nach rückwärts. Am besten Sigurd die Stirn halten, auf nichts anderes hören, als auf das Elend des Kameraden.

Aber er taumelt, sackt in die Knie, das Gewehr

rutscht von der Schulter. Er tappt ins Leere. Jetzt versteht er. Drahtscheren knipsen. Stichwort: Kameradenflucht. Was tut ihr dann, Jungens?

Er nimmt das Gewehr hoch, peilt ohne Erregung. Der Scheinwerfer vom Nachbarabschnitt geistert umher. Die haben schon was gemerkt. Gib doch Alarm durch, daß sie dir nichts anhaben können! Du willst heiraten, Kinder zeugen, eine Wohnung haben. Lächerlich, in diesem Augenblick an eine Wohnung zu denken, an eine warme Stube!

Der Scheinwerfer vom eignen Abschnitt kriecht über den Boden, faßt nach seinen Stiefeln, nach seinem Rücken. Er steht, den Finger am Abzug. Der Scheinwerfer packt zu: drei, vier Rücken, Koppelzeug, Helme. Schieß doch! Das wolltest du! Schießen. Die weiße Wand zerstören.

Die losen Drahtenden federn noch, haben die Rücken freigegeben. Der Boden lärmt. Stiefel, Stimmen. Alarm.

Er steht noch immer, die Hand am Abzug.

Sigurd drüben wendet sich her. Die drei andern wenden sich her, grüßen ihn. Er läßt das Gewehr sinken.

Und da sind sie schon hinter ihm, zerren ihn an den Gelenken, reißen ihn herum, der Scheinwerfer stößt in die Augen, einer sticht ihm sein eignes Gewehr in den Rücken. Die Füße gehen. Marionettenbewegungen. Die Stimmen um ihn her sind schlafbelegt, die Atemstöße riechen. Sie fragen ihn, warum er nicht geschossen habe. Er weiß es nicht. Er schweigt. Die Rehe fallen ihm ein und wie sie ins Dunkel entwichen sind. Aber wem soll er das sagen?

Er könnte jetzt singen, wie sein Vater gesungen haben soll. Sie stoßen ihn vor sich her.

Drüben hinter der Grenze klinken Fenster auf und Gartentüren. Aus den Lauben und Einfamilienhäusern kommen sie schlafverquollen und fröstelnd, aufgeschreckt von der Unruhe der Scheinwerfer und den Stimmen. Kommen und sehen ihn, rufweit entfernt, hilflos. Rufweit entfernt begehren sie auf, fordern, schrill und vielstimmig, und werden erst still, als ein Trupp anrückt, um das zerstörte Netz aus Stacheldraht zu flicken.

Einer aus der Menge reicht Sigurd Zigarette und Feuer.

»Was wird der Junge kriegen?«

Das gelbe Flämmchen hüpft vor Sigurds Augen, tänzelt, spielt. Die fremde Hand, die es schützt, ist rissig und zerklüftet. Die fremde Hand meint es gut. Sigurd zieht den Rauch ein, tief, bis in die Lungenspitzen, und wirft die Zigarette weg und tritt darauf.

»Ich verstehe«, sagt der Mann aus der Menge. »Ich verstehe, das wiegt schwer. Ein Mensch.

Einer, der ausgehalten hat, damit ihr es schafft.« Er schiebt seine Hände in die Taschen, rissige gute Hände, die dem Halt geben, dem sie sich entgegenstrecken.

Drüben der Trupp rollt den Draht auf, der übriggeblieben ist. Einer prüft die Festigkeit des Geflechts zwischen den Betonpfeilern. Dann rücken sie ab bis auf zwei Mann, die mit Spaten den festgetretenen Boden des Todesstreifens an der Durchbruchstelle aufgraben und die Spuren des Pflugschars wieder miteinander verbinden. Die Scheinwerfer sind nun in der Bewegung erstarrt.

Der mit den Händen in den Taschen nickt Sigurd und den Dreien zu, als sie dem Streifenpolizisten, der ihre Waffen trägt, aufs Revier folgen, um ihre Personalien aufnehmen zu lassen. Der Wachhund umspringt sie tänzelnd, aber keiner hat die Kraft, ihm übers Fell zu streichen.

Nacht

Berlin-Lichtenberg, 5. 2. 62

Liebe Hanna,
heute morgen habe ich mich entschlossen, endlich einmal ausführlich an Sie zu schreiben, vielleicht weil die Birken schon knospig sind im Park. Jetzt, nachmittags, sammelt sich das Sonnenlicht auf dem Fabrikgewölk und färbt es goldbraun. Nichts hat sich verändert, der Singsang der Fabriksirenen nicht, der Singsang der Wochen, der Singsang des Jahres nicht. Vielleicht ist das tröstlich, ich weiß es nicht. Ja, liebe Hanna, Ihre Mutter ist nun schon acht Wochen unter der Erde. Sie hatten damals dem Blumenhändler an der Ecke telegrafiert, und er hat sein Möglichstes getan, der Sarg war mit Tulpen und Narzissen geschmückt, und aus dem Haus waren alle mit, sogar Kahlert, dem Sie nie recht getraut haben. Sie dürfen also beruhigt sein. Dennoch kann ich mir vorstellen, wie Ihnen zumute sein muß, daß Sie Ihre Mutter nicht pflegen, nicht einmal mehr besuchen konnten, als sie lag –

7. 2. 62

Ich habe den Brief an dieser Stelle unterbrochen, aber ich habe mich nun doch entschlossen, Ihnen nichts zu verheimlichen.

Ich kenne Ihre Mutter fast dreißig Jahre, wir haben die Kinderwagen nebeneinander durch den Park geschoben, wir haben nebeneinander in der Sonne gesessen und Jäckchen gestrickt, und wir haben nebeneinander im Keller gesessen, als das Haus über uns zusammensackte. Gewiß, wir haben uns längst abgewöhnt, in solchen Erinnerungen etwas Verbindliches zu sehen, weil ja das Leid jeden sondert. Aber Sie wissen, daß Sie und Ihre Kinder, Ihre Besuche sonntags manches aufgewogen, manches zurechtgerückt haben im Leben Ihrer Mutter. Und dann war das plötzlich vorbei, an einem Sonntag, auf den sie wie auf jeden Sonntag gewartet hat.

Damals – ich will nicht schreiben, wie uns zumute war – damals kam ich am Montag zu Ihrer Mutter, nachdem ich mir Allgemeinsätze wie: Es kann nicht von Dauer sein, daß sie die Stadt auseinanderreißen! es wird etwas geschehen gegen den Willkürakt! zurechtgelegt hatte, wie sie einem nach jeder Katastrophe zuerst einfallen.

Ihre Mutter hatte drei Körbe voller Pflaumen um sich, und auf dem Tisch standen sauber ausgewaschen und aufgereiht die Weckgläser. »Ja, so ist das!« begrüßte sie mich und trennte eine Pflaume auf, löste den Stein und reichte mir die aufgeklappte Frucht. »Schön saftig, kosten Sie! Ganz gelb das Fruchtfleisch!« Sie wies mir mit einem Kopfnicken den Schemel. Und da saßen wir dann beide und entkernten Pflaumen. Die Fingerkuppen bräunten sich vom Saft, deutlich traten die Zeichnungen der Haut hervor. Die Schüssel, in die wir die Pflaumen warfen, füllte sich, das offene Fruchtfleisch verströmte bitteren Herbstgeruch.

»Sonnabend habe ich die Pflaumen bekommen. Aus der Kleingartenkolonie. Sie kennen sicher die grüne Laube mit der Veranda. Wollten wohl noch weg, die Leute, haben alles Obst verkauft. Nun werde ich ihnen die Hälfte der Gläser bringen. Sie sind ja immerhin fünf Personen!« sagte sie.

Sie hatte es also auch erfahren. Das wußte ich nun. Wir entkernten alle Pflaumen, wuschen sie und verteilten sie in die Gläser, und als wir die Gummiringe auflegten, die Sie noch vor einer Woche mitgebracht hatten, meinte Ihre Mutter, es sei schade, sie habe lange nicht so schöne Pflaumen gehabt.

Ja, aber das wollte ich Ihnen nicht erzählen, Hanna, und auch das nicht, daß Ihre Mutter die Zimmer frisch tapezieren ließ. Wir hatten ja alle seit langem unterlassen, uns zu häuslich einzurichten. Ich wollte Ihnen von der Krankheit schreiben, einer Herbsterkältung, die zur Lungenentzündung wurde, nichts Außergewöhnliches, wenn jemand über sechzig ist. Es war kein Krankenhausplatz frei, so wohnte ich in den Tagen und Nächten der Krise bei Ihrer Mutter. Als sie schon aufsitzen konnte, sahen wir uns das Fotoalbum an. Die Kinderbilder von Ihnen und von Frank stimmten sie heiter, sie erzählte von Ihren verkleckssten Heften und von Franks Schwierigkeiten mit der Grammatik. Die Soldatenbilder des Jungen überblätterte sie flüchtig wie immer. Dann legte sie das Album plötzlich zur Seite. Sie wissen, Hanna, Ihr Hochzeitsbild hat Ihre Mutter schon immer weich gestimmt, weil es die letzte Aufnahme ist, die Euch Geschwister vereint. Ich schloß das Album in den Schrank zurück. Eine Woche später hielt der Arzt die Kranke für genesen, zwei Wochen später werden Sie die Todesnachricht in den Händen gehabt haben. Wir glaubten alle an einen Rückfall genau wie Sie. Inzwischen habe ich die Wohnung aufgelöst.

Ja, Hanna, ich kann es nicht für mich behalten, nicht um mich zu entschuldigen, ich bin ja jeden Tag bei Ihrer Mutter gewesen bis zum Abend. Wir haben über Sie und Ihre Kinder gesprochen, über das erzgebirgische Spielzeug, das ich für die Kinder zu Weihnachten besorgen sollte, wir haben uns begeistert wie Großmütter sich für ihre Enkel begeistern. Von Ihrem Bruder haben wir nicht geredet. Vielleicht hätte ich davon anfangen sollen, vielleicht hätte sich die Verkrampfung gelöst, in der sie's getan hat: Schlaftabletten –

Ich habe es erst drei Wochen danach erfahren, als mir genehmigt wurde, den privaten Nachlaß an Ihrer Statt an mich zu nehmen. Ich bin eingedrungen in die Nacht, aus der sie keinen Ausweg mehr hatte – zu spät, Hanna, zu spät.

Wir alle wissen, daß Ihre Mutter unter Franks Entfremdung gelitten hat. Sie betonte zu oft, daß sie seinetwegen nicht zu Ihnen in den Westen der Stadt zöge, daß sie bereit sein wollte für ihn, dem wohl immer der Vater gefehlt hätte. Ich erinnere mich, wie sie lächelte, wenn sie seinen Rang nannte. Vergeblich! sagte sie mit diesem Lächeln und: Laßt ihn doch die Rolle, die er sich gewählt hat, studieren! Offizier der Volksarmee – wieviele sind das! Wollt Ihr sie alle verdammen? Ich seh sie noch die Hände ineinander verschränken, vor ihrem inneren Auge mögen dann die Uniformen der letzten dreißig Jahre aufgereiht gewesen sein – aber im Fotoalbum überschlug sie die Aufnahmen von Frank in Uniform, die frühen und die der letzten Jahre.

Er besuchte die Mutter manchmal, niemals sonntags, wenn Sie mit Ihren Kindern zu erwarten waren. Die Schwäger hatten ja nicht gut zueinander gestanden seit dem Streit am Abend der Hochzeit. Nun war wenige Tage vor dem Tod Ihrer Mutter eine Aufnahme von Frank in unsern Zeitungen. Er ließ drei junge Leute abführen, die beim Fluchtversuch verhaftet worden waren. Einer schien angeschossen und krümmte sich. Ich verständigte mich mit dem Arzt, um Ihrer Mutter die Zeitung fernzuhalten, die sie abonniert hatte, obwohl sie einen Ekel vor unsern Blättern hatte. Aber Ekel und Widerwillen zu überwinden, war ihr Grundsatz. Der Arzt überließ es mir zu handeln, da der positive Zustand der Kranken jeden Eingriff in ihren persönlichen Bereich als Übergriff hätte erscheinen lassen. Ich entfernte die Zeitung aus dem Briefkasten. Aber im Nachlaß fand sich die klischierte Aufnahme aus der Zeitung herausgeschnitten und mit allen Uniformbildern aus dem Album in die Schreibunterlage geklemmt. Neun Blätter waren vom Schreibblock gerissen, neun Briefanfänge:

Mein Junge –
Herr Hauptmann –
Frank, Kind –
Satan –
Unglückseliger –
Ekel, Ekel, Ekel über dich –
Du Judas –
Kind – Kind – Kind –

Du mein lieber, elender Sohn –

lauten die Anreden. Sie war wohl schon von den Tabletten benommen, das erklärt das Pathos mancher Formulierung. Die Briefe sind versiegelt worden, ich habe ja unter Aufsicht gearbeitet. Aus allen zusammen ergibt sich, daß Ihr Bruder Frank die Mutter schriftlich von seiner abermaligen Beförderung in Kenntnis gesetzt haben muß. Auffindbar war nichts außer Papierasche. Sie muß in diesen letzten Stunden oder Tagen – wer weiß, wie lange sie die Nachricht mit sich herumgetragen hat und wann ihr das Zeitungsbild in die Hände gekommen ist! (vielleicht durch Kahlert, behaupten manche, wenn wir beim Einkaufen die Köpfe zusammenstecken) – sie muß es da mühsam begriffen haben, daß ihr Lächeln, ihre Langmut, ihre mütterliche Liebe – ~~Mord oder Beihilfe zum Mord~~ – nein, lesen Sie über die fünf durchgestrichenen Wörter hinweg!: daß ihre mütterliche Liebe und Langmut bewirkt hat, daß Frank vollkommen im Gehorsam geworden ist.

10. 2. 62

Der Brief liegt noch immer hier. Ich will auf diese leere Seite nur noch Grüße schreiben. Das erzgebirgische Spielzeug schicke ich zu Antjes Geburtstag ab, die kleinen Wagen sind für Peter. Heute ist ein grauer Tag, aber die Birken schwingen. Ich werde Stiefmütterchen auf das Grab pflanzen, Ihr Bruder hat Geld für eine Platte an den Steinmetz überwiesen. Der Brief an ihn, d. h. neun Briefanfänge befinden sich in den Händen der Kriminalpolizei, Inspektor Bohnen bearbeitet die freiwilligen Abgänge der Rentner unsres Bezirks. Oder vielleicht läßt er sie auch ruhen, das ist uns unbekannt.

Entschuldigen Sie die fahrige Schrift, liebe Hanna, es wird noch immer so früh dunkel, und das Licht ertrage ich jetzt nicht. Jetzt nicht.

Immer Ihre
A. K.

Warum sie sich nur so unglücklich kleidet?

Ich heiße Weise, Hilde Weise, wenn's auch nicht zutrifft!

Der einzige Scherz, den ich von ihr gehört habe damals, als sie sich vorstellte. Sicher ist sie dabei errötet, aber schon daran erinnere ich mich nicht. Nur an meinen Reflex: Wie unscheinbar! wird nie heiraten! Wir gingen an der Spree entlang. Auf den Eisschollen hockten Möwen und ließen sich treiben. Die Mappe zog mich krumm, weil ich immer das Notwendigste mitschleppte wegen der Bomben. Ich krümmte mich von ihr weg. Ich hatte sie nie gesehen oder nie beachtet, ich weiß nicht. Sie war blaß und trug eine Brille. Das Haar war glanzlos von der Dauerwelle. Sie sollte sich anmalen! dachte ich. Aber die Februardämmerung verklärte sie. Ich blieb neben ihr.

Sie gehen doch auch zu A. O.? fragte sie.

Man wird wieder stehen müssen, sagte sie.

Sie haben da neulich so eine Bemerkung gemacht, die fand ich sehr mutig.

Was wollte sie? Warum drängte sie sich auf? Schmeichelte mir? Es war nicht mutig, bei A.O. Mut zu haben. Er las über die Reichsidee von 1818, und wir schrieben 1944. Berlin 1944. A.O. las im Kronprinzenpalais, nachdem der östliche Flügel des Universitätsgebäudes durch Bomben unbrauchbar geworden war. Wir erreichten das festliche Foyer über die Auffahrt. Wir gaben die Garderobe ab, und ich sah, daß sie ein schwarzes Wollkleid trug. Sie hatte Trauer. Aber damals hatten viele Trauer.

In dem Saal, der mit weinroter Seide ausgeschlagen war, standen Hunderte. Auf dem Parkett bildeten sich schwarze Pfützen. Die Studenten in Uniform hielten sich steif, der Studienurlaub ging ja zu Ende, sie mußten an die Fronten zurück, Zweifelnde, im Nachdenken geschult. Die Luft war zum Schneiden (so sagt man), obwohl die Heizkörper kaum lau waren; denn jeden Augenblick konnte einer hervortreten und sich ausweisen, Gestapo: Herr Professor, kommen Sie bitte mit! Aber niemand trat vor.

Ich hatte die Schwarze im Gedränge verloren. Erst in der Garderobe trafen wir wieder aufeinander. Wie hieß sie doch gleich? Ach ja –

A.O. war wieder ausgezeichnet, nicht wahr, Fräulein Weise?

Sie würden für A.O. durchs Feuer gehen?

Ich trödelte beim Anziehen, rückte den Schal vorm Spiegel zurecht, versuchte an die Damen zu denken, die sich hier früher für die Feste gerichtet hatten. Eigentlich mißtraute ich der Kommilitonin nicht, wenn es mir auch unangenehm war, daß sie mich beobachtete. So blieb ich neben ihr, als sie mich draußen vor der Auffahrt erwartete.

Ich habe nämlich meinen Bruder verloren, sagte sie nach ungefähr fünfzig Schritten. Der war neunzehn, so alt wie Sie.

Es gefiel mir nicht, daß sie auch das wußte. Woher? Von wem? überlegte ich noch, als sie leise hinzufügte: Ja, und meinen Vater auch.

Jetzt mußte ich sie doch genauer ansehen. Sie war kaum noch zu erkennen in der Dunkelheit, nur die Brille, die gläsernen Scheiben vor den Augen.

Ein andermal bat sie mich bei Voralarm, bis zum Anhalter Bahnhof mit ihr zu fahren. Dort sind wir sicher, sagte sie.

Ist Ihnen das so wichtig?

Sie wurde rot. Jetzt achtete ich darauf. Vom Hals her stieg die Röte über die Wangen bis zur Stirn.

Meine Mutter hat sonst niemand.

Wir warteten im Anhalter Bahnhof. Durch die Lautsprecher wurde die Lage angesagt: Starke

Bomberverbände greifen im Süden und Westen der Stadt an. Sie wohnte in Karlshorst. Sie brauchte sich nicht zu sorgen. Aber ich sah, daß ihr die Hände flatterten. Viele alte Leute drängten sich mit Koffern und Kisten in den unterirdisch gelegenen Stadtbahnhof. Zwei Frauen mit Rotekreuzhauben und Lodenmänteln betreuten die Gehbehinderten. Ich werde nie wieder in den Anhalter Bahnhof gehen, nahm ich mir vor, lieber hören, was los ist.

Ich habe Angst, flüsterte sie.

Das sagte keiner damals. Davon sprach man nicht.

Warum Angst?

Ich hatte mir den schroffen Ton ihr gegenüber angewöhnt, weil sie mich unsicher machte mit ihrer schüchternen Anhänglichkeit, die jede andere Begegnung ausschloß.

Weil er – weil mein Bruder – nein, das verstehen Sie nicht – mit neunzehn, so sinnlos –

Ich zuckte die Achseln. Daß wir uns noch immer siezen! dachte ich, eigentlich komisch!

Nachher ging ich durch die rauchverhangenen Straßen nach Hause, weil die S-Bahn nicht fuhr und die Straßenbahn nicht. Überall standen Möbel an den Bordsteinen. Auch in unserer Straße.

Jahre später, als ich längst verheiratet war und Kinder hatte, kam ein Brief aus Karlshorst, saubere Sütterlinschrift – niemand schrieb mehr Sütterlin –, der Absender war ordnungsgemäß auf der Rückseite angegeben. Ich erkannte ihn wieder.

Woher hatte sie meine Adresse und den Namen?

Sie war natürlich nicht verheiratet!

Sie lud mich ein mit den Kindern. Auch davon wußte sie also! Ich sagte zu, ohne Freude, ohne Neugier, einfach aus einer gewissen Treue der Erinnerung. Und weil Winter war, zog ich die Kinder warm an und fuhr mit dem Südring bis Ostkreuz und dann noch drei Stationen auf der Strecke nach Erkner. Zum ersten Mal besuchte ich sie. Das Haus war verkommen wie alle Häuser in Karlshorst. Vom Keller her roch es nach Braunkohle und Schwamm. Das Linoleum im Treppenhaus war durchgetreten. Sie wohnte mit ihrer Mutter im zweiten Stock. Bitte stark klopfen, stand neben dem Klingelknopf, aber es dauerte eine Weile, ehe Schritte zu hören waren. Und weil die Kinder müde waren von der langen Bahnfahrt, spürten sie, wie gehemmt sie war und bockten, als sie ihnen aus den Schneeanzügen helfen wollte.

Erst im Zimmer sah ich sie wieder an. Sie hatte sich nicht verändert. Nur das Schwarz hatte sie abgelegt. Das sandfarbene Kleid machte sie noch blasser. Die Unterhaltung stockte, ehe sie angefangen hatte. Auf dem Sofa saßen ein paar Puppen parat für die Kinder. Sie zuckte zusammen, als Bärbel eine Puppe an den Füßen hochnahm, und sie wurde rot, als ich die Puppen alle auf den Schrank legte.

Wäre doch schade, entschuldigte ich mich, solche Puppen gibt es nicht mehr. Dann kam die Mutter ins Zimmer, streng frisiert und in einem hochgeschlossenen braunen Kleid. Sie hatte das gleiche schwere Kinn wie die Tochter, den gleichen schmalen Mund, und sie trug die gleiche farblose Brille. Aber sie ging sofort auf die Kinder ein, kauerte neben ihnen nieder, wuschelte sie und brachte sie zum Lachen. Dann aßen wir hausgebackenen Kuchen und tranken dünnen Kaffee, wie er viele Jahre lang im Osten der Stadt als Luxus galt. Die Kinder und die Mutter bestritten die Unterhaltung. Und als mein Mann uns abends abholte, stießen wir mit einem Kräuterlikör auf das Wiedersehen an und darauf, daß wir uns nunmehr duzen wollten.

In den folgenden Jahren besuchten wir uns gegenseitig. Sie trug die Pullover und den Emailleschmuck nicht, den ich ihr schenkte, aber wir lasen die Kinderbücher, die sie kaufte, und die Keramikvase, die sie einmal Weihnachten mitgebracht hatte, steht auf meinem Schreibtisch vor der hellen Wand.

Und kürzlich habe ich sie nun zum ersten Mal nach der Teilung der Stadt wiedergesehen. Sie ist nicht mit uns verwandt, wir haben sie also nicht besuchen dürfen, obwohl wir uns aneinander gewöhnt hatten. Wir hielten uns in Gjedser auf, das die Ausflugsdampfer in der Sommersaison zweimal wöchentlich von Warnemünde aus anfahren, ohne daß die Passagiere von Bord dürfen. Wir hatten die Begegnung brieflich vorbereitet und standen nun in dem Nebenhafen aufgereiht, mein Mann, ich und die Kinder, die schon größer sind als wir. Der Lärm vom Fährhafen, das Anfahren der Autos, die Kommandorufe durchhallten die Stille, so daß wir erst spät das Singen hörten. Viele betrunkene Stimmen sangen Volkslieder und alte Schlager, als der Ausflugsdampfer mit abgestoppten Maschinen in das Hafenbecken einfuhr. Auf dem Oberdeck standen zwei-, dreihundert Männer und Frauen und Kinder, warfen Mützen, bliesen auf Papptrompeten, schnarrten mit Rasseln und wurden still, als das Schiff vertäut wurde. Um das Hafenbecken hatten sich einige sommerlich gekleidete Urlauber eingefunden.

Jetzt erkannte ich sie in der zweiten Reihe. Sie trug ein stumpfblaues Sommerkleid. Wir winkten, wir riefen. Endlich erreichte sie, daß ein Dicker ihr an der Reeling Platz machte.

Hallo, wie geht's?

Was macht Mutter?

Und du?

Sie umkrampfte die Reeling. Ein paar hatten wieder angefangen zu singen. Es war schwer, sich zu verständigen.

Schön, daß wir uns mal sehen!

Sie schnippte ein Stäubchen von ihrem Kleid. Dann legte sie die Hände als Trichter an und rief: Ihr seid aber groß geworden, Bärbel und Mat! Der Dicke neben ihr puffte sie und legte den Finger auf den Mund. Ich bildete mir ein, daß sie wieder rot geworden war, als sie einen Schritt zurücktrat. Ich sah hinter der Stirnglatze des Mannes, der sie gewarnt hatte, noch ihre Hand. Die winkte. Durch den Lautsprecher auf dem Vergnügungsdampfer wurde den Reisenden jetzt bekanntgegeben, was im Reiseführer über Gjedser nachzulesen ist: Wichtiger Fährhafen an der Südspitze von Falster, Einwohnerzahl, Tiefe der Hafenbecken, Fassungsvermögen der Speicher – dabei begannen die Maschinen zu pochen, die Schraube warf das Wasser im Hafenbecken auf, die Wellen leckten die Betonwände und Pfähle, ein paar hundert Hände winkten. Wir standen noch immer aufgereiht, mein Mann, ich und die Kinder. Als das Schiff draußen vor den Molen wendete, bildete ich mir ein, das stumpfblaue Kleid zwischen den Rettungsbooten zu erkennen.

Warum sie sich nur so unglücklich kleidet? sagte mein Mann. Ich mußte auf das Kopfsteinpflaster achten wegen der hohen Absätze, als wir in die Stadt zurückgingen. Es war auch besser, niemanden ansehen zu müssen. Der Wind warf das Gegröle von dem Schiff herüber. Dazwischen schnarrten die Rasseln und quietschten die Papptrompeten.

Wie man Bier nicht trinken soll

Es hört sich so einfach an: Beschreibe Gastzimmer, Theke, die Leute an den Tischen und beim Tischfußball, beschreibe die Garderobe an den Haken, die Biere – ein ganzes Tablett voller Biere, weißer Schaum, das zischt!

Beschreibe, was so oft schon beschrieben wurde damals in der Realismusphase Anfang der 50er Jahre: eine Kneipe. Nein, nicht irgendeine Kneipe mit gemischtem Publikum, auch nicht eine der Kreuzberger Kneipen, die so viel von sich reden gemacht haben, seit sich in Kreuzberg die Künstler angesiedelt haben, auch nicht eine Stampe im Wedding, in Spandau, in Charlottenburg mit Skatrunden und Berliner Mundart, märkisch ist das, Platt mit schlesischen und sächsischen Verwaschungen, nicht zu reden von dem verramschten Französisch hugenottischer Herkunft.

Beschreibe eine Kneipe oder nein, ein Lokal in Friedenau.

Nicht in Alt-Friedenau hinter der Rheinstraße, wo es noch Villen von 1890 gibt, und Rentner, viel zu viele Rentner, nicht im ehemaligen Künstlerviertel in der Handjerystraße –, Barlach zum Beispiel rang da zäh und leidenschaftlich, bis ihn die Rußlandreise, die berühmte, löste, auch nicht in der Cranachstraße, wo Rosa Luxemburg so gern gewohnt hat.

Nein, an der Bundesallee Ecke Görresstraße, die bei den Nazis Golzheimer Straße hieß und vorher Wilhelmstraße, passend zum Friedrich-Wilhelm-Platz, zum Gehabe des Ortes, preußisch, ach so preußisch, ein Ort für pensionierte Offiziere, als er auf dem Reißbrett entworfen wurde, mitten in die Weizenfelder der Teltowausläufer hinein. (Die Bundesallee hieß natürlich Kaiserallee, sogar noch bei den Nazis.) Ja und an der Ecke war schon immer ein Lokal, sicher schon seit dem Bau dieses Viertels im ersten Jahrzehnt des Jahrhunderts, ein Lokal mit Gartentischen und Stühlen und wildem Wein, so recht für die besseren Leute, die hier herauszogen damals vorm Weltkrieg Nummer eins und in die Kirche gingen, die riesig und backsteinneugotisch aus dem Friedrich-Wilhelm-Platz wuchs (auf dem die Kinder nicht rollern und nicht Versteck spielen durften, nur ein kleiner Sandkasten war da und ein Brunnen – nicht der Sintflutbrunnen, der auf dem Maybachplatz untergekommen war, nachdem er einer ähnlichen Kneipe – Lokal mit Gartentischen, Stühlen und wildem

Wein – am entgegengesetzten Ende der Görres-Golzheimer-Wilhelmstraße den Namen gegeben hatte, wo wir Kinder eine Zeitlang Bier für die sonnabendlichen Biersuppen holten).

Aber nicht abschweifen. Dieses gemütliche, steife Friedenau, gab es denn das noch in der Nazi-Zeit? Gab es das überhaupt? Waren da nicht überall Höfe, Hinterhäuser, Kellerwohnungen, Mansardenwohnungen und, verdammt ja, Armut? Und taten die in den Vorderhäusern nicht längst nur so, als wären sie was Besseres?

Du hast es gehaßt, dieses Friedenau, die Attitude und die Hakenkreuzfahnen auf all den Kleinbürgerbalkons sogar nach hinten raus. Und nachher im Luftschutzkeller das patriotische Gefasel! Wer glaubt das noch? Aber immer durften welche nicht runter, denn auch das war Friedenau, daß man welche versteckte in den Mädchenkammern, die der Hängeboden einengte, in den Zimmern, die hinter dem Berliner Zimmer ziemlich unerreichbar waren.

Und du hast es auch gern gehabt, wenn du aus der Stadt zurückkamst nach den Großangriffen mit rauchgebeizten Augen und völlig verrußt und das Haus, ja die Straße war noch da. Und der Schuster, der die zerfetzten Schuhe noch immer wieder flickte, bis ihn und den Laden zuallerletzt eine Russenbombe traf.

Aber du sollst ja die Kneipe beschreiben, nein, das Lokal, weil's zu einem Literatentreffpunkt geworden ist wegen des Jungbuchhändlerkellers, in dem der Bäcker – euer Bäcker – sein Mehl lagerte und nach dem Fall von Friedenau noch Brot buk, bis der Vorrat verbraucht war (und an Bücher und Jungbuchhändler und Autoren sicher nicht dachte). Du sollst beschreiben, wie da in der Kneipe oder nein, dem Lokal schräg gegenüber bei Bier und Klarem Literatur gesponnen wird oder Freundschaften oder – ja, jedenfalls was Wichtiges. Und das kannst du nicht. Denn du hast eine Scheu vor dem Ort, nicht Angst, Angst wäre falsch. Wer Angst vor Erinnerungen hat, dem soll man nicht trauen. Aber du siehst einfach durch die Gesichter hindurch Vergangenheit. Das Kriegsende, die Volkssturmmänner, die Jungen, die Alten, den Wahnsinn (oft genug beschrieben) und wenig später die, die in den gestreiften Kitteln aus der Haft zurückkamen. Und da war die Wohnung über dem Lokal leer bis zur Beschlagnahme oder Belegung, darum hast du dich nicht gekümmert, dir war es recht so. Die vordem hier gewohnt hatten, hast du nie wieder gesehen, und sie gehörten doch zu deinem Friedenau-Erlebnis, zu deiner Schulzeit, denn du hast viele Stunden in der Wohnung verbracht und der Tochter und deren Freundin, die nur wenig jünger waren als du, Mathematik und Französisch beigebracht, die Stunde zwei Mark fünfzig, und weil es zwei Mädchen waren, bekamst du fünf Mark, an die du erinnern mußtest zum Monatsende (was du da gelitten hast!), und die Mädchen, Generalstochter die eine, Oberstleutnantstochter die andre – nette Mädchen –, die hörten weg dabei. Von dem, was los war, was dich beschäftigte, was deine Eltern ängstigte, hatten sie keine Ahnung. Sie lachten, sie kicherten, und du lachtest mit. Warst ja bloß zwei Jahre älter, und sie lernten, sie schrieben die erwünschten besseren Noten! Aber du hörst in diesem Haus, in diesem Lokal unter der Wohnung mit dem Erker und dem fahlen Februar- oder Märzlicht in deiner Erinnerung noch immer das Kichern, während doch die Maschinerie schon läuft, die Uhr schon tickt auf die Katastrophe zu, von der wir heut nicht mehr sprechen, die wir natürlich überwunden haben, weil wir ja leben. Weil wir ja leben geblieben sind.

Es wäre so einfach: Beschreibe Gastzimmer, Theke, die Leute an den Tischen und beim Tischfußball, beschreibe die Garderobe an den Haken, die Biere – ein ganzes Tablett voller Biere, weißer Schaum, das zischt!

Beschreibe das Friedenau von heute, das Friedenau der Altbauwohnungen, der Schriftsteller, der Grass und Johnson und Enzensberger und Meckel und Törne und Hübner und – und –

Beschreibe das Friedenau an der U-Bahnlinie oder die Straßen, noch immer von Bäumen und nun auch von parkenden Autos gesäumt (geflaggt werden muß nicht). Beschreibe die Höfe mit den Fliederbüschen und die Hinterhäuser, die noch immer Gartenhäuser heißen, beschreibe den Aufstieg Herberts, der mit Ramsch aus den Ruinen begann und mit den Fluchtumzügen aus Berlin reich wurde, Friedenauer Karriere. Es wäre so einfach.

Literatengespräche, Freundschaften, jeder hört von jedem was, jeder weiß von jedem was, jeder ist gern da, weil das Bier soviel wie ein Bier kostet und der Klare soviel wie ein Klarer, und die anderen Leute nicht laut sind wie vielleicht in Charlottenburg und nicht neugierig wie vielleicht in Kreuzberg, wo die Touristen hinkommen. Beschreibe.

Aber das kannst du nicht. Du hörst Kichern, und der General mit den roten Streifen an der Hose läßt sich um das Monatsgeld bitten, und die Mädchen heißen Ruth und Inge, was aus ihnen geworden ist, weißt du nicht. Du hörst die MG-Salven der Volkssturmjungens und nachher die vergeßlichen Patrioten, die alle schon immer und noch immer dagegen waren, dagegen sind. (Wo sie nur die Fahnen gelassen haben?) Du trinkst das Bier langsam und in kleinen Schlucken, wie man Bier nicht trinken soll.

Das dunkelblaue Kleid

Ich muß an Helga St. denken. Sie hatte zu Weihnachten 1932 – da waren wir neun Jahre alt – ein Märchen geschrieben. Ich erinnere mich noch heute an das Bild von den wandernden Tannen, und wie die anderen Bäume im Wald ehrfürchtig Spalier standen, als der Zug der Tannen sich aus dem Wald heraus auf die Stadt zubewegte, vorbei an den Laubengärten, vorbei an den Bretterzäunen der Kohlenplätze, vorbei an den gelben Mauern der Fabriken, vorbei an den Arbeitslosen, die sich vor den Schaufenstern drängten, um wenigstens einen Blick in die weihnachtlichen Auslagen zu werfen. Und wie sich die Arbeitslosen und die Kinder mit den zu kurzen oder zu langen Mänteln (wie's in kinderreichen aber armen Familien üblich ist, wo die Mäntel und die Hosen und die Röcke und die Schuhe von Kind zu Kind weitergegeben werden) nach den Tannen umsahen, den in den Zweigen wippenden Vögeln zuhörten, den bedächtigen, wiegenden Schritten der Wurzelfüße zusahen, verwundert, erstaunt, denn die Tannen, die sie kannten, die an den zwischen Laternen ausgespannten Drähten lehnten, weil ein rotgesichtiger Alter oder eine junge blasse Frau sie zu verkaufen hofften, hatten keine Füße, keine Vögel in den Zweigen. Wohin Helga die Tannenprozession gehen ließ, weiß ich nicht mehr. Ich weiß nur, daß Helga von allen in der Klasse umdrängt wurde, als sie fertig gelesen hatte, und daß sie, eine unauffällige Schülerin, von der Religionslehrerin eines dieser rosa Hauchbildchen bekam, die sehr begehrt waren.

Nach diesem, ihrem Erfolg, war es um Helga wieder still. Ich hatte sie einmal in den Weihnachtsferien getroffen, als sie mit einem schweren, in Papier eingeschlagenen Wäschepaket den Rükken gegen eine Haustür stemmte. Ihre Mutter arbeitete in einer Wäscherei und Plätterei, wußte ich, hatte aber nie darüber nachgedacht, daß das für Helga tägliche Botengänge bedeutete. (Wir wuschen, seit Vater arbeitslos war, in der Waschküche auf dem Dachboden, wo die Wäsche auch zum Trocknen aufgehängt wurde, und der Gang zur Rolle einmal im Monat war eher ein Vergnügen, denn die Gespräche der Kunden im Seifengeschäft, in dem die Rolle stand, mitanzuhören, gab oft genug Grund zum Lachen, oder sie reizten uns Kinder zur Nachahmung, so daß Mutter, die die großen Wäschestücke sorgfältig auslegte, ehe wir die Walze in Bewegung setzen durften, uns mahnen mußte). An den Januar 33 erinnere ich mich kaum. Fast alle Schülerinnen hatten jetzt Fähnchen aus gestanztem Blech, die sie ans Kleid oder auch an den Mantelaufschlag steckten und die es in den Papiergeschäften zu kaufen gab. Hakenkreuzfähnchen, sagten sie, es gab auch schwarzweiß-rote Fähnchen aus Blech. Helga hatte keines, und meine Mutter hatte mir verboten, dafür Geld auszugeben.

Im Februar begann der Musiklehrer mit dem Einstudieren ganz neuer Lieder. Das ist unser Beitrag für die neue Zeit, sagte er. Die neue Zeit hatte in unserm Stadtteil mit einigen Rufen, mit Pöbeleien auf der Straße begonnen. Juda verrecke. Aber das war auch schon vorher zu hören gewesen, und meine Mutter hatte immer gesagt: »Hör da nicht drauf, das sind schmutzige Wörter!« Und schmutzige Wörter durften wir nie mit nach oben bringen. Diesmal sang Helga im Chor nicht mit. Ich hätte sie fragen müssen, warum. Oder ich hätte den Lehrer fragen müssen. Ich erzählte es nicht einmal meiner Mutter, denn die Stimmung beim Essen war nicht gut.

Ein Bild von Helga stellt sich erst wieder ein, wenn ich an die Abschiedsfeier denke. Mit dem Ende des vierten Schuljahres vor den Osterferien gingen viele aus der Klasse ab, waren in der Sexta der Oberschulen angemeldet. Bei uns zu Hause hatte es Ärger gegeben wegen der Schulgeldbefreiung, die beantragt werden mußte. Meine Mutter schämte sich deswegen, mein Vater bestand darauf, weil es ja nicht seine Schuld wäre, daß er arbeitslos war. Helga saß auf ihrem Platz in der Ecke an der Seitentafel. Sie trug ein dunkelblaues Kleid mit weißen gestärkten Rüschen. So festlich war keine von uns. Helga würde auf der Grundschule bleiben, obwohl sie eine gute Zensur hatte. Gedichte wurden aufgesagt, Pfänderspiele gemacht. Die Lehrerin hatte ihren großen Tag, und das Parteiabzeichen war neu. Ich weiß nicht, warum sie Helga aufforderte, auch etwas aufzusagen oder wieder so ein Märchen zu erzählen. Denn viele werden dich ja nun nicht mehr hören, sagte sie. Sie meinte wohl, weil so viele die Schule wechseln würden. Aber der Satz stach zu. Helga schüttelte den Kopf, schwieg.

Nachher, schon auf der Treppe, habe ich sie gefragt, warum sie nicht in die Sexta umschulen würde. Du kannst doch Schulgeldbefreiung beantragen, sagte ich (und weil ich merkte, daß das taktlos war, erzählte ich vom Streit meiner Eltern). Ihre Antwort: »Ich glaube, das ist vorbei!« habe ich erst später verstanden. Und erst heute, da ich versuche, die Erinnerungen zueinander zu fügen, verstehe ich, warum sie damals so festlich gekleidet war.

Wir verloren uns aus den Augen, die Schulwege kreuzten sich nicht, die Interessen veränderten sich. Viele trugen schon die blauen Knöpfröcke der Jungmädel, die weißen Blusen, die schwarzen Dreieckstücher, die mit einem geflochtenen Lederring zusammengehalten wurden, die braunen kurzen Jacken, wir anderen hatten am Sonnabend nationalpolitischen Unterricht. Einmal traf ich Helga in der Straßenbahn in dem blauen Kleid, nur ohne die Rüschen. Das Kleid war ihr sehr eng geworden, auch sehr kurz. Sie erkannte mich nicht gleich oder wollte mich nicht erkennen, aber das Übliche: Weißt du noch! kam zustande. Ich fragte, ob sie noch Märchen schreibe. Sie schwieg und kramte in ihrer Tasche.

Meine Eltern hatten kein Verhältnis zur Kirche, aber meine Mutter war nicht aus der Kirche ausgetreten (anders als mein Vater). So wurde ich konfirmiert im Frühjahr 1938, als Hitlers Truppen unter Jubelorkanen in Wien einzogen. Der Pfarrer feierte den Führer als den von Gott gesandten Retter. Am Nachmittag betrank sich mein Vater (er vertrug nicht viel) und schimpfte laut auf diesen Hitler und diese Lügenchristen, die immer mitlaufen. Die Gäste, Freunde der Eltern, waren entrüstet. Meine Mutter hatte Angst, daß sie Vater verhaften würden, weil die Fenster wegen des warmen Frühlingstages offenstanden. Er hat ja recht, flüsterte sie mir beim Gutenachtsagen zu. Du weißt, wie sie die Menschen aussondern. Ich nickte. Dachte an Helga. Dachte an die Nürnberger Gesetze, die uns im Biologieunterricht erklärt worden waren, und an Golde und Rolle und Renate und Inge und Lore, die uns mit dem Schuljahresende verlassen mußten, also in wenigen Tagen, weil sie nicht zum Abitur zugelassen werden durften.

Zum April kam eine neue Lehrerin für Latein, Religion und Geschichte an unsere Schule, eine unauffällige Frau, schmal, mit dem Knoten im Nacken, ihre Kleider hatten eine unbestimmte Farbe. Typisch Lehrerin! spotteten wir, überlärmten ihren Unterricht. Ein paar in der Klasse kannten sie, aus der Kirche, hielten sich heraus, wenn wir lärmten und spotteten. Wir wußten, daß sie beim Pfarrer der Bekennenden Kirche konfirmiert worden waren und sonntags immer nach Dahlem fuhren. Mitten im Sommer, die Kastanien waren schon abgeblüht, sprach mich die neue Lehrerin auf dem Schulhof an, ob ich nicht Lust hätte, sie mal zu besuchen. Ich bin dann hingegangen, eher neugierig als freudig. Da waren auch die paar aus der Klasse und ältere Menschen. Ich habe nicht mitbeten können. Ich habe in die Gesichter und auf die Schuhe gesehen. Und bin wieder hingegangen, am anderen Mittwoch. Und habe mir Adressen gemerkt und Namen. Und wurde rot, als ich die Namen von Helga St. und ihrer Mutter Elise St. hörte.

So habe ich sie wiedergesehen, im Hinterzimmer einer Berliner Wohnung, mit Ausgang zur Hoftreppe. Mutter und Tochter arbeiteten in einer Uniformschneiderei in der Bügelkammer. Wir haben nicht viel geredet. Aber wir haben uns oft gesehen. Später, als die Rationen für die mit J bezeichneten Lebensmittelkarten unerträglich knapp bemessen waren, brachte ich Lebensmittel, die an den Mittwochnachmittagen gesammelt und den Betreuern zugeteilt wurden.

Helgas Mutter begann von den Märchen zu sprechen, und daß ich sie doch an mich nehmen sollte, wenn was passiert. Aber Helga gab sie nicht her. Und dann habe ich vor der Tür gestanden. Der gelbe Stern war abgerissen. Eine Frau kam mit dem Ascheimer aus der Nebentür. Da wohnt jetzt keiner mehr, endlich. Sie schob sich an mir vorbei, mißtrauisch. Hier endet meine Erinnerung an Helga St. Ich bin die Treppe hinuntergegangen, ich bin durch die Straßen gegangen bis zum Einbruch der Dunkelheit.

Ich habe sie nicht wiedergesehen. Aber die Geschichten enden ja alle gleich. Und beginnen doch mit wandernden Wäldern und dem Jubel der Vögel.

Hommage à l'homme

Köpfe, Leiber, Fahnen, eine Flut von Köpfen, Leibern, Fahnen steigt, quillt hervor, strudelt, quirlt, staut, stößt, füllt die Gänge zwischen den Bankreihen, die Korridore, die Treppenhäuser, die Straßen, die Parks, verstopft die U-Bahnschächte, die Fahrstühle, drängt heran, bedrängt ihn, beengt ihn, er steht vorm Mikrophon und hält es mit beiden Händen umklammert, das Kabel schleift, Ankertau oder Nabelschnur, noch verbunden, mit wem? Er schreit in das Mikrophon, hört nichts, auch die Stimmen nicht, sieht die aufgerissenen Münder, die hochgereckten Arme – er ist taub und stumm.

Wenn er tief atmet, weicht der Druck von den Schläfen, aber es schmerzt ihn, tief zu atmen. Er hat sich in eine Decke eingehüllt und den Liegestuhl steil aufgerichtet. Er sieht aus wie jeder andere Urlauber auch, noch blaß, noch erschöpft, nicht mehr ganz jung (alt wagt er nicht zu denken). Wenn er die Augen öffnet, blendet ihn das Weiß und Blau. Schnee sagt man und Himmel. Aber die Wörter sind ihm abhanden gekommen, er erinnert sich nur, daß es sie gegeben hat, irgendwann damals. Sie hatten genagelte Stiefel, das Seil lag zusammengerollt im Rucksack, ein graues, griffiges Seil, wie oft hatte es sich von einem zum andern gespannt, wenn sie in die Wände eingestiegen waren. Sie hatten das Atmen nicht gespürt, Schnee und Graupelschauer hatten ihnen nichts angehabt, die Täler füllten sich mit Licht oder spannen sich in flimmernden Dunst ein oder stießen Wrasen aus oder waren schwarz unter dem Sturm. Aber einmal riß die Schwärze auf und zogen die Dämpfe ab und gab es den Berg mit dem weißen Vlies; auch in den schlecht gelüfteten billigen Zimmern in Paris, in Marseille, auch noch auf dem Zwischendeck und noch in der Menschenschlange vor der Paßstelle: ein Bild für Hoffnung. Er hatte Lose verkauft und Hemden gebügelt und Artikel geschrieben und Zeitungen geschleppt und Bücher gelesen im Lesesaal, in der Subway, im Zimmer, das auf den Lichtschacht hinausging, wo sie von oben Asche und Obstschalen und Knochen hinunterwarfen, wenn die Mülltonnen überfüllt waren; er hatte unter dem Gedröhn der Brücken und in den schmuddligen Spelunken hinter den Kais gelesen, wo Männer mit den Nacken von Riesen vor winzigen Tischchen hockten und würfelten. Es hatte ihn getröstet, daß es die Wirklichkeit aus Wörtern gab, ein ungreifbares unzerstörbares Geflecht. Er hätte die Nachrichten aus Europa nicht ertragen zwischen den fleischernen Riesen und den Zimmervermieterinnen, die das Rasierwasser in der Thermosflasche warmhielten, zwischen Gesellschaftsnachrichten und dem Elend aller, die mit ihm den Lagern, der Erbärmlichkeit und dem Lügentod im Gas entkommen waren.

Nicht daß er zurückdachte, nicht daß er aus Wörtern Erinnerung zusammenfügte. Er vertraute ihnen Zukunft an, Wörter, Sprache, sprechen können, sprechen müssen, sich mitteilen, sich verständigen, daran glaubte er, darauf hoffte er und brachte die Hoffnung mit nach Europa. Er fand seine Straße nicht wieder, kaum erkannte er noch die Stadt, und den Bahnhof gab es nicht mehr, von dem aus die Freunde mit Rucksack und Seil und Pickel in die Berge gefahren waren. DIE ERDE WAR WÜST UND LEER. Wozu sollen wir leben, fragten die Jungen mit den alten Gesichtern, wir haben soviel Tod gesehen, wir haben dem Tod gedient, wir glauben nichts mehr. Sie hockten in ihren zerschlissenen Uniformen auf Kisten und aufgelegten Brettern, ihr Atem roch nach Hunger und Blättertabak, sie hatten die Mäntel wie Zeltplanen um sich geschlagen, die Ärmel steckten lose in den Taschen. Sie hatten die Blocks auf den Knien und schrieben auf, was er an Erfahrung eingesammelt hatte.

Er sieht sie noch alle übermütig, als es endlich zu tauen begonnen hat und sie eine Schneeballschlacht auf dem Universitätshof machen zwischen niedergestürzten Brunnenfiguren und der Baracke, in der die Mensa untergebracht ist. Schnee. Himmel. Damals an diesem Märztag waren das keine Wörter.

Er schließt die Augen, hört das Schmelzwasser gurgeln, hört die Büsche die Schneelast abwerfen, Zweige schnellen hoch, und die Vögel, Spatzen, viele Spatzen schilpen, er hört das, den Jubel, das Lachen. Schneebälle klatschen an die Barackenwand, junge Männer greifen in Mädchenhaare (Jubel, auch so ein verlorenes Wort!), er bückt sich, ballt den feuchten Schnee, spielt mit, wird getroffen, trifft. Nachher lädt er sie alle ein, sie gehen untergehakt durch die Straßen, sein Zimmer reicht kaum aus, sie stehen, sitzen auf dem Fußboden, auf dem Schreibtisch, auf dem Bett, die Rede geht hin und her, Recht und Gerechtigkeit, Freiheit, Frieden, Wörter, das Glück, sprechen zu können, sprechen zu müssen.

Er atmet tief, wenn auch das Atmen schmerzt. Jemand ist neben ihm, streift ihm den Ärmel hoch bis zur Ellenbeuge, winkelt seinen Arm leicht an und tupft mit dem Wattebausch die zerstochene Haut über der Vene. Er spürt kaum den Einstich, die Flüssigkeit dringt langsam ins Blut.

Hörsäle, Seminarbibliotheken, Studios in Funkhäusern, das hängende Mikrophon vor sich und hinter der Glaswand die Apparaturen und die drei, die sie bedienen, das Zurückschnarren des Bandes unter dem Griff der Cutterin, Lallen im Diskant und dann wieder die Sätze, aneinandergereiht, zueinandergefügt: seine Stimme, seine Gedanken, seine Wörter. Und dann die Fernsehkameras, das Licht, das so blendet, seine Haltung, sein Lächeln, er lebte neben sich her, er genoß die Abende in den fremden Städten, die Reisen im Flugzeug, den Blick über die vibrierenden Tragflächen hin, schräg hinab in die Städte. Er wußte, daß er überall Freunde hatte. Nach dem Vortrag saßen sie zusammen in verräucherten Zimmern, in Weinstuben, vergaßen Müdigkeit und Zeit, das Geflecht aus Wörtern hielt stand.

Bis ihn der blonde Junge, dem er seine Manuskripte einmal anvertraut hatte, mit dem er oft auf dem Podium oder im Studio diskutiert hatte, in ein Auditorium führte, wo er mit Scharren begrüßt wurde. Sicher, damit mußte er rechnen. Er sprach denn auch, blieb am Manuskript und konnte sich doch nicht verhehlen, daß etwas zerstört war. Das

Auditorium war bis auf den letzten Platz gefüllt, eine Landschaft von Augen und Nasen und Mündern – nein, er täuschte sich, keine Landschaft, eine Wand, aber auch das traf nicht zu. Er verhedderte sich, mußte einen Schluck Wasser trinken, das Auditorium begann, um ihn zu kreisen, er hörte seine eigene Stimme, seine Sätze, seine Wörter, und sie gingen ihn nicht an. Sie gingen niemanden an. Nachher im Weinrestaurant schwieg er, saß neben dem Mädchen, das immer mit ihm war, und fühlte zum ersten Mal ihre Nähe. Der blonde Junge trank ihm zu: Die Zeit der Wörter ist vorbei, Professor!

Er sah das verzerrte Lächeln, die tiefen Furchen um Augen und Mund. Er glaubte dem Jungen nicht. Nachher im Hotelzimmer schrieb er viele Namen auf, Namen seiner Schüler in den Redaktionen, an den Universitäten, in den Schulen, in den Betrieben. Er hätte sie gern alle um sich gehabt, hätte sie gern gefragt: Und ihr, was haltet ihr davon? Aber das Mädchen schob die Hände über das Papier und deckte die Namen zu. Er sah, daß sie helle Augen hatte.

Jemand macht sich an seinem Liegestuhl zu schaffen, lockert die Decke, schiebt ein Kissen hinter seinen Rücken.

Du bist noch immer bei mir?

Er will sie ansehen, will ihre Hand nehmen, will mit ihr durch die Bankreihen, die Flure, die Treppenhäuser, die Straßen gehen, den stauenden stoßenden drängenden Leibern entgegen, das Mikrophon wie eine Trophäe in der Hand, mutig, er läßt sich nicht einschüchtern, gibt nicht auf, die Gesichter kehren sich ihm zu –

Damals war er mitten im Gedränge, Sprechchöre schlugen über ihm zusammen, Schweiß- und Hunger- und Leder- und Fellgeruch. Er fiel auf mit seinem Gabardinemantel, mit seinem alten Gesicht, aber er wollte nicht auffallen, fügte sich den Sprechchören, es war ihm nicht wohl dabei, er gehörte nicht dazu. Winterstürme wichen dem Wonnemond, summte er, ein Melodiefetzen, der sich hartnäckig dem Rhythmus der Sprechchöre widersetzte. Man sollte vergessen können: Das Entzücken damals, als die Eltern ihn in die Oper mitgenommen hatten, sein Vater schwärmte für Wagner, und seine Mutter las die Wesendonkbriefe. Winterstürme wichen dem Wonnemond – jetzt zünden wir das Kaufhaus an dann kommt auch noch die Uni dran. Er glaubte nicht, was sie schrien, kannte ihre Freude am Schockieren, wußte von ihrem Aufbegehren gegen die Konsumwelt, verstand ihr Verlangen nach Gerechtigkeit, glaubte nicht – wußte – verstand –, hob die Hände, als sie auf das Kaufhaus zudrängten und Scheiben klirrten. Jetzt zünden wir das Kaufhaus an dann kommt auch noch die Uni dran. Halt! rief er, keine Gewalt! Ihr trefft ja die Falschen! Jemand hob ihn auf die Schultern. Halt! Er fuchtelte mit seinen Armen, Winterstürme wichen dem Wonnemond, sang es in seinem Kopf, Scherben knirschten, Johlen und Lachen überstimmten ihn, nur die Melodie blieb. Er saß zwischen Vater und Mutter in der samtausgeschlagenen Loge, die Bühne war weiß und blau, er roch die Leimfarbe und Rupfen, wenn er über die Brüstung hinter die Kulissen sah. Jetzt zünden wir das Kaufhaus an dann kommt auch noch die Uni dran. Er glaubte nicht – wußte – verstand. Halt! rief er, keine Gewalt!, rief gegen die Stimmen an, rief und glitt von irgendjemandes Schultern.

Er war tot, als die Assistentin nach ihm sehen wollte. Die Decke lag zusammengestaucht neben dem Liegestuhl, als hätte er sich mit ungeheurer Anstrengung freigemacht. Sie schloß ihm die Augen und den Mund und legte die krampfhaft gewinkelten Arme zusammen, ehe sie den behandelnden Arzt holte. Eine Stunde später wurde der Tod vom Sanatorium aus den Nachrichtenagenturen mitgeteilt. Die Freunde und Schüler erfuhren davon durchs Radio, durchs Fernsehen oder durch

Telefonate von einem zum anderen. Alle, die Nachrufe zu schreiben hatten und seit ein paar Wochen damit rechnen mußten, daß es soweit wäre, zögerten noch immer, ob sie von einem tragischen Opfer oder einem glückhaften Ende an der Grenze seiner Wirksamkeit schreiben sollten. Die in den konservativen Blättern schrieben dann vom tragischen Tod und brachten die Stationen seines Lebens in Zusammenhang damit. Die in den fortschrittlichen Blättern schrieben unter Vermeidung der Adjektive glückhaft oder glücklich vom Ende an der Grenze seiner Wirksamkeit, die einige die Grenze des Zeitalters nannten.

Die Assistentin heftete die Zeitungsausschnitte in einem Pultordner ab. Sie hatte ihre Kleider und Blusen und Röcke einfärben lassen.

Ein Wort, eine Tat, eine Irritation?

Wissen Sie, wie einer sterben kann? Oder halten Sie die Augen zu? Zigtausend auf den Straßen jährlich, überlegen Sie mal! Früher korrigierte der Krieg den Menschenüberschuß, zweimal in diesem Jahrhundert. Vielleicht war es das, womit er nicht fertig wurde in dem Jahr, in dem er gelähmt und wundgerieben auf den Tod warten mußte. Das. Die Ohnmacht des Menschen. Gottes, sagte er nicht mehr, schon lange nicht. Seitdem er zurückgekommen war nicht. Zurückgekommen ohne die rührenden Geschichten, die Kriegsgefangene erzählen, erfunden haben, wer weiß das noch! Es ist lange her.

Ich hatte ihn erst später kennengelernt, als ich mit dem Taufspruch für eines der Kinder zu ihm kam. In der Großstadt hat man keine Verbindung zum Pfarrer, es sei denn, man ist Kirchgänger, und wer ist das schon! Er war noch nicht lange in unserer Gemeinde. Und er war erstaunt über den Textvorschlag. Das kommt kaum noch vor, sagte er, für die meisten haben die Bibelverse, die man ihnen auswählt, den Wert eines Orakels ähnlich wie die Autonummer! Aber er war nicht verbittert. Er stellte fest. Da habe ich begriffen, was das bedeutet: heute Pfarrer zu sein. Ich habe ihn dann öfter gesehen, weil ich nun auf ihn achtete. Immer war er eilig, nie abgehetzt.

Und dann der Schlaganfall. Und dann dieses Jahr.

Zuerst kamen viele ins Krankenhaus, brachten Blumen, zuerst Flieder, dann Rosen, Gladiolen, bis in die Asternzeit hinein. Aber er starb zu langsam. Die Besuche ließen nach.

Warum bin ich hingegangen noch im November, ich, kein Kirchgänger und ohne Erwartung. War es Mitleid? Ich hasse das Wort, das ein seichtes Gefühl abdeckt. Was ist schon Mitleid, wenn ein Körper verfällt? Er sprach mühsam und selten. Er konnte sich nicht mehr konzentrieren. Die Sätze blieben fragmentarisch. Sibirischer Winter. Die Toten im Stollen. Ein Pflaumengarten. Deserteure, die erschossen werden. Minentrichter. Körperfetzen. Aber auch Schneewinter der Kindheit, grünseidige Junifelder, Kartoffelrauch und die Albernheiten von Tertianern. Wer war er? Die Schwestern nannten ihn der Herr Pfarrer. Und es schwang die robuste Zärtlichkeit überanstrengter Frauen darin mit. Für wen war er das noch: der Herr Pfarrer?

Ich höre ihn über die Hochzeit zu Kana sprechen. Über das Wunder. Glaubte er an Wunder? Es war dies eine Gespräch in seinem Arbeitszimmer vor der Taufe. Ein Gleichnis? Nein, sagte er, so einfach dürfen wir uns das nicht machen! Ich widersprach nicht länger. Wir kamen nicht zusammen. Er glaubte an den geoffenbarten Gott. Ich halte Gott für ein Gleichniswort, für eine erdachte Formel, wenn Sie so wollen! Wir haben das Gespräch abgebrochen. Er hat unserm Kind den gewählten Taufspruch gegeben. Wir haben uns gegrüßt seitdem. Wir waren auch ein paarmal Weihnachten in der Kirche, wenn alle hingehen. Wir suchten von den fünf angebotenen Gottesdiensten des 24. Dezember den aus, bei dem er predigte.

Und dann dieses Jahr.

Zum ersten Mal besuchte ich ihn, weil seine Frau mich um ärztlichen Rat gebeten hatte, auch wenn ich nicht der behandelnde Arzt war. Sie brauchte da noch Hoffnung, und ich wagte nicht gleich, ihr die Wahrheit zu sagen. Ich erwartete den Tod in den nächsten Wochen, spätestens im Juni. Wer rechnet schon damit, daß einer sich so lange wehrt! Ich habe viel über ihn nachgedacht.

Seine Frau setzte mir sein Leben aus den Satzfragmenten zusammen. Sie waren beide aus einem märkischen Dorf, geboren zu Anfang des Jahrhunderts. Heile Welt? Man nennt das so. Sie konnten sich beide nicht mit den Brüchen und Rissen des Jahrhunderts abfinden. Sie studierten in der Weimarer Zeit. Sie kamen in der Nazizeit auf ihre erste Pfarrstelle. Sie zählten sich zur Bekennenden Kirche, hielten Haussuchungen aus und Nachrede. Und später, als der Mann schon eingezogen war und die Söhne, zehn- und elfjährig, im Jungvolk waren, hatte die Frau Verbindung zum Kreisauer Kreis. Und als die Front zu hören war im letzten Kriegswinter, flüchtete sie nicht. Aber der Mann kam nach dem 8. Mai nicht zurück, und sie mußte mit den Söhnen über die Oder nach Westen wie alle, die noch im Dorf zurückgeblieben waren. Drei Jahre später fand ihr Mann sie in unsrer Stadt.

Der Lebenslauf war es nicht, der sein Sterben schwer machte. Die Söhne schlugen ein (so sagt man). Der Ältere war Tiefbauingenieur geworden, der Jüngere hatte einen Job beim Fernsehen. Im Krankenhaus hat ihn nur der Jüngere besucht, der aus Anlaß eines Kongresses in der Stadt war. Der Tiefbauingenieur schickte alle paar Wochen neue Fotos von den Enkeln.

Er lag auf seinem Bett, und die Decke glitt immer wieder von dem fühllosen Körper. Sein Glied war in die Ente eingeführt, weil er keine Kontrolle mehr über sich hatte, ein armer Kerl, ein Mensch, der Gott verteidigt hatte.

Sie müssen nicht denken, daß ich ein Zyniker bin. Wir Ärzte tun gern so, weil wir's nicht anders ertragen. Ich bin auch nicht weich geworden, jedenfalls nicht, wenn ich bei ihm war. Unsereiner kennt zu viele Todesarten. Wir haben über Tagespolitik gesprochen, über Bildungsfragen, Konzerte, Familiäres. Das heißt, ich habe gesprochen, ihm fiel das Sprechen zu schwer, aber er sah mich mit großen Augen an. Manchmal kam seine Frau dazu und zog die Decke über seinen geschundenen Körper. Und dann blieben wir zu Dritt eine Weile still. Und in solcher Stille (winternachmittags, tiefhängendes Gewölk hinterm Fenster, vollgesogen vom künstlichen Licht der Straße) hat er gesprochen, gestammelt. Daß Gott keine Antwort habe, noch immer nicht, wie damals, als er die Deserteure zum Erschießen begleiten mußte. Pflaumengärten, denken Sie, im Herbst, wenn die Süße schon die Wespen lockt! Und die Jungens zwanzig und einundzwanzig Jahre alt. Hatten den Krieg satt, 44, niemand glaubte mehr an das Recht, gegen irgend jemanden zu kämpfen. Und der eine hat gefragt, als ihm die Augen schon zugebunden waren: Herr Pfarrer, wo ist denn der nun, der Sie legitimiert? Genau so hat er gesagt: legitimiert.

Stille im Zimmer. Winternachmittags. Er starrte zur Decke, und wir hörten den rasselnden Atem.

Da habe ich die ungeheure Anstrengung begriffen, die es ihn gekostet hat, noch dreiundzwanzig Jahre lang sein Amt auszuüben. Im Kriegsgefangenenlager brauchten sie ihn vielleicht. Aber nachher? Hätte er nicht anderes anfangen sollen? Er war fünfundvierzig, als er zurückkam. Da kann einer doch noch neu beginnen, als Lehrer oder auch irgendwo im Büro. Warum wollte er an das Wort glauben, an das niemand mehr glaubt?

Winternachmittags. Später kam die Schwester und schaltete das Deckenlicht ein und sagte mit geübter Munterkeit: Na, Herr Pfarrer, mal wieder 'n Tagespensum geschafft? und zog das Laken glatt und leerte die Ente und wischte ihm mit dem mentholgetränkten Tuch über die Stirn. Und dann war es Zeit zum Aufbruch. Jedesmal war es ein Abschied für immer, wortlos, ein Griff nach der schlaffen, fühllosen Hand. Und bei jedem nächsten Besuch das Erschrecken, daß er sich noch immer wehrte.

Ich bin kein Kirchgänger, wenn ich auch dann und wann die Bibel durchblättere, die mich als Sprachkunstwerk fasziniert, als Dokument, als Dichtung. Am Anfang war das Wort, die Tat, wer unterscheidet das! Am Anfang. Denken wir noch über den Anfang nach? Gott, ein Wort, eine Tat, vielleicht eine Irritation, die uns abgelenkt hat, unser Leben in Ordnung zu bringen? Wer kann da schon antworten?

Er lag wund und zerstört auf der Gummiunterlage, die Schwären näßten. Er hat nicht geklagt. Er ist stumm gestorben. Die Nachtschwester war bei ihm. Sie hat mit dem mentholgetränkten Lappen den Schleim von seinen Lippen gewischt und den wachhabenden Arzt gerufen. Von Gott hat niemand gesprochen.

Wer spricht schon von Gott! Abertausend Verkehrsopfer jedes Jahr, gewaltsame Tode ohne Sinn, auch niemand, der einen Sinn erfindet.

Er hatte danach gesucht. Nach irgendeinem Sinn, nach der Legitimation. Einer von gestern, sicher!

Einer.

Ich erinnere mich.

Die Lichtung

Der Junge mit dem zerschrabten Schulranzen auf der Brust hat im Laufen innegehalten, weil er Weinen gehört hat, Kleinkinderweinen, oder weil einer aus der Horde seine Mutter gerufen hat und quer über die Straße gelaufen ist, wer weiß das? Er bleibt stehen, bleibt als einziger zurück, während die anderen weiterrennen, seine Sommersprossen werden dunkel, er zerbeißt sich die Lippen und nimmt bedächtig den Ranzen von der Brust, um ihn auf den Rücken zu schnallen und langsam, wie zögernd weiterzugehen. Ein Junge, neun oder zehn Jahre alt – von so einem hast du gelesen, vor wenigen Tagen erst, daneben das Bild seiner Mutter, die nicht mehr nach Hause gekommen war, tägliche Neuigkeit der Großstadt, überflogen, vergessen. Er reißt mit den Zähnen einen Niednagel vom Daumen, bleibt unter der Kastanie stehen, hat die Augen halb geschlossen, stößt dabei die leeren grünen Schalen, die die anderen Jungen zurückgelassen haben, mit dem Fuß beiseite. Irgendwo schreit noch immer das Baby. Du siehst, wie die

Schmutzspuren auf seinem Gesicht in den Mundwinkeln zusammenlaufen und er sich schüttelt, als wäre ihm kalt, und mit dem Ärmel über die Augen wischt und über die Kastanienschalen hinweggeht. Es reizt ihn nicht mehr, sie beiseitezustoßen.

Als er an dem Morgen aufgewacht ist, war es im Zimmer so hell wie sonntags, wenn die Vormittagssonne das Zimmer erreicht hat vorm Aufstehen. Aber es ist nicht Sonntag gewesen. Mutter muß verschlafen haben. Er hat einmal, zweimal gerufen und sich dann aufgerichtet. Mutters Bett ist unberührt gewesen, die kleine Schwester lag aufgestrampelt in ihrem Ställchen. Er ist in die Küche gegangen wie jeden Morgen, hat das Gas angezündet und Wasser aufgesetzt und sich unter Prusten gewaschen. Mutter hat's nicht gern, wenn er so spritzt, aber es hat ihn munter gemacht, und er hat sogar pfeifen können, als er das Wasser auf das Milchpulver gegossen und die Flüssigkeit schaumig gequirlt hat. Die kleine Schwester hat das Fläschchen gierig leergetrunken. Er hat sie dann auch aus den Windeln gepellt, obwohl er sich davor immer ekelt. Aber es ist alles so anders gewesen, wie mit einer verrückten Genauigkeit geträumt, daß er beim Fensteröffnen sogar die Kurznachrichten aus irgendeinem anderen offenen Fenster gehört und gewußt hat, daß er zur großen Pause in der Schule sein kann und gewußt hat:

Irgendwann muß etwas zerspringen, und dann ist er nicht mehr er und der Tag nicht mehr der Tag. Davor hat er Angst gehabt und ist außer Atem zur Schule gekommen, als eben die große Pause zu Ende gegangen ist. Von den drängenden Jungen und Mädchen auf der Treppe hat niemand wissen wollen, warum er so spät gekommen ist. Wir haben jetzt Kino, haben Günter und Bodo ihm zugerufen. Er hat das gern, im verdunkelten Zeichensaal zu sitzen und Schmalfilme anzusehen. Neulich haben sie die Tiere des Waldes auf der Leinwand gehabt, Rehe und den blinzelnden Fuchs und Sauen. Er hat sich beeilt sich einzureihen, um nicht zu grübeln, wann das war: neulich. Fräulein Falkenstein hat sie ermahnt, leise zu sein, er kennt ihren Tonfall, sie hebt die Stimme am Ende des Satzes, sie hätte Gesangslehrerin werden sollen, denkt er immer, weil ihre Stimme beim Sprechen eingesperrt ist. Sie hat den Zeichensaal verdunkelt und die Leinwand aufgespannt und den Film schon im Apparat, will ihnen die Stunde zum Geschenk machen. Es hat ihn wieder gestört, daß sie's gesagt hat, aber vielleicht hängt das mit ihrer Stimme zusammen, mit ihrem unerfüllten Wunsch zu singen. Und als das Deckenlicht ausgeschaltet worden ist und die Lampe im Filmapparat Fräulein Falkensteins Gesicht aus dem Dunkel herausmodelliert hat, ist ihm plötzlich eingefallen, wie

Mutter gestern abend vorm Spiegel gestanden und die Lippen beim Nachziehen vorgewölbt hat. Und daß er ihr da die Augen hätte zuhalten und ihren Lippenstift wegschleudern mögen, weil sie sich für die Fremden im Restaurant, wo sie Kellnerin war, so sorgfältig zurechtmachte, während sie zu Hause immer blaß und müde, immer unerreichbar für ihn war. Er hat die Finger ineinander verklammern müssen, um das zu vergessen.

Der Filmapparat surrte. Der mit der Kamera wanderte durch einen Wald, seine Füße wühlten sich durch verrottetes Laub, er blieb vor einem gestürzten Baum stehen, beugte sich vor, tastete die Borke ab, verfing sich im Wurzelgefaser, entdeckte ein Mäusenest, verfolgte die zierlich gesteppten Spuren und sah wieder auf die schweren dunklen Kronen der Bäume. Es war beklemmend still, denn die Vögel und die Insekten suchen das Licht, die Lichtung, sagte Fräulein Falkenstein, eine helle Wand hinter dem Geflecht aus Stämmen und Ästen, auf die der mit der Kamera zuging. Falter, Motten, Fliegen, Mücken, Käfer, Blütenstauden, Rispengras, Beerenranken, Vögel. Der mit der Kamera mußte innegehalten haben, als er die Lichtung erreicht und sich nicht gleich für eine Rispe, eine Ranke, einen Käfer oder einen Vogel hatte entscheiden können. Die Kamera schweifte, entdeckte einen Anstand, das abgeschälte Holz der

Stiege, tastete das Blickfeld aus, das der Jäger hat, wenn er dort oben dem Wild auflauert, das im Niederwuchs der Lichtung ungeschützt äst, vielleicht die Rehe aus dem Film neulich oder auch Hasen, im Winter hängen die ausgeweideten Tiere beim Schlachter. Er merkte sich die schönen fremden Wörter, die Fräulein Falkenstein sagte, und atmete auf, als der Kameramann ein Libellenpaar ausmachte, weil er sowas ja schon gesehen hatte im Park, und Bodo auch gleich von dem Hubschrauber anfing, und wieviel besser so ein Hubschrauber konstruiert wäre. Der hatte mal einen Rundflug gemacht und übertönte Fräulein Falkenstein, beschrieb die spielzeugkleinen Autos, die Strichmännchen auf den Sportplätzen und, na die Schule hätte er natürlich auch von oben gesehen. Es war einfacher, sich zurechtzufinden ohne die fremden, schönen Wörter. Aber da hatte der Kameramann einen Falter entdeckt, der an einer Dolde hing. Die Zeichnung auf den Flügeln wurde in der Vergrößerung zu Staub, und die Blütenkelche wurden zu gefräßigen Mäulern im Bildhintergrund. Plötzlich fand er Fräulein Falkensteins Gesicht gelb und müde, lächerlich, daß es ihn an Mutter erinnert hatte. Er rief: »Alte Hexe!« und verstand nicht, warum sie ihm nachher übers Haar strich. Es war ihm nicht angenehm.

Auf dem Heimweg hat er sich abgesondert, weil

Bodo noch immer von dem Hubschrauberflug geprahlt hat und Günter und Knut und Ralf sich einen Reim ausgedacht hatten, den sie laut und pausenlos wiederholten: Die Falkenstein geht in den Wald, im Bette hat sie's bitterkalt. Er hätte sich am liebsten die Ohren zugehalten, aber er ist vor einem Schaufenster stehengeblieben und hat versucht, die Konservenbüchsen dahinter zu zählen. Wenn Mutter nicht nach Hause gekommen war, würde nichts zu essen da sein. Wenn Mutter nicht nach Hause gekommen war! Er hat die Augen abschirmen müssen, weil ihn die Glimmersplitter in den Pflastersteinen und die weißen Felder der Zebrastreifen und die spiegelnden Autos blendeten und er sich eine Stadt wünschte, in der alle Farben und Lichter gelöscht wären, in der er selber auch nur ein Schatten wäre, nichts mehr fühlen, über nichts mehr nachdenken müßte. Und hat dann schon im Treppenhaus das Baby schreien hören und beim Türaufschließen das schmutzige Geschirr in der Küche gesehen und die Zigarettenasche auf dem Fensterbrett. Er hat die Mappe auf den Boden geschleudert und Wasser aufgesetzt, um das Baby zu baden und den Brei anzurühren. Das hat er noch nie getan, aber er weiß, wie Mutter es in der Armbeuge hält, und schmeckt auch den Brei ab. Und als er es endlich frisch angezogen und satt in sein Ställchen zurückgebracht hat, ist ihm eingefallen, daß Mutter oft so am Küchentisch gesessen hat, das Gesicht in den Armen wie er jetzt, und daß er sie da hätte streicheln sollen, wie Fräulein Falkenstein ihn gestreichelt hat. Aber vielleicht wäre ihr das auch nicht angenehm gewesen. Einmal hatte sie ihn mitgenommen auf einen Betriebsausflug, er durfte in der Schule fehlen, auf dem Dampfer gab es eine Tanzkapelle, und Mutter überließ ihn einer Kollegin, die ihn nach der Schule fragte und Eisschokolade bestellte und ihn ungern gehen lassen wollte, die Mutter suchen. Er fand sie in der Bar, wie sie mit einem tanzte, den er nicht kannte. Vielleicht tanzte sie wieder mit irgendeinem. Mit einem Mal sind ihm die fremden, schönen Wörter eingefallen: Lichtung, Rispengras, Niederwuchs, ausgeweidetes Wild, und er hat heulen müssen. Damals hatte sie ihn mit einer harten Kopfbewegung weggeschickt, und er hatte im Maschinenraum unten, in der Hitze und berauscht von dem Geruch von Öl und Eisen, seine Enttäuschung vergessen, bis sie vor ihm stand und ihn an sich riß und er sich gegen ihren Körper wehrte.

Wenn sie am Nachmittag käme und müde wäre, wollte er nichts fragen, nichts sagen, vielleicht würde sie ihn loben wie damals, als sie Gabi aus dem Krankenhaus mitgebracht hatte und er zusammen mit Frau Lüders eine Waschtasche für sie gebastelt hatte. Vielleicht würde sie ihn auffordern, was zu erzählen. Da wäre genug zu erzählen von dem Film, von der Lichtung, vom Zuspätkommen und von Bodos Rundflug und von Gabi. Aber es ist ihm eingefallen, daß Freitag ist und daß Mutter wenig Zeit für ihn haben wird, weil es Freitag immer hoch hergeht abends im Dienst und daß Mutter nur ein bißchen Kaffee trinken wird, schönen starken Kaffee, mein Junge! Er hat das gute Geschirr aus dem Schrank geholt und die Tischdecke. Montag, am freien Tag, macht Mutter das auch so. Er hat rasch einen Kanten Brot gegessen und ist vor Eifer und Vorfreude durch die Küche gehüpft und hat die Schularbeiten gemacht, die Aufgaben lösten sich leicht, Fräulein Falkenstein sagt ja, daß einer, der lernen will, was erreicht. Und er will doch Mutter einmal im Auto abholen können und mit ihr in den Wald fahren. Sie kennt nur den Volkspark. Er wird ihr die Bäume zeigen, die er kennt, und die Falter, Mutter wird sicher sonnen wollen und sich auf ein Taschentuch setzen, weil sie die Grasflecken fürchtet, und den Spiegel aus der Handtasche nehmen und die Lippen nachziehen. Er wird ihr nicht sagen, daß er deswegen enttäuscht ist.

Er hat ganz vergessen, daß er ungeduldig gewartet hat, als jemand an der Wohnungstür zu hören ist. Er hat sich vorgenommen, Mutter nicht entgegenzustürzen, hat das Löschblatt in der Hand geknüllt, ein bißchen ärgerlich, weil sie zu früh gekommen und er mit dem Rechnen noch nicht fertig ist. Und dann hat Frau Lüders vor ihm gestanden und die Hauswartfrau und hinter ihnen zwei fremde Frauen. Und eine hat gesagt, du mußt dein Schulzeug zusammenpacken! und Frau Lüders hat geflüstert, ihr zieht jetzt um, Kinder, und hat immerzu genickt. Er hat sein Löschblatt ganz filzig und knotig geknüllt, und immer nur ja gesagt, als die eine Fremde ihn fragte, ob sein Wintermantel in Ordnung wäre und sein Pullover und seine Stiefel und das aufschrieb, während die andere die Schränke und Fächer aufriß, aber nichts herausnahm. Immer nur ja gesagt, obwohl es vom Fenster her für Gabi zog und er das hätte sagen müssen. Und als ihm Frau Lüders übers Haar strich wie heute morgen Fräulein Falkenstein, hat er gewußt, jetzt ist der Augenblick, jetzt zerspringt etwas, jetzt ist der Tag nicht mehr der Tag, jetzt ist alles zu deutlich, der Staub, die Dolde, das Rispengras, das Licht, die Lichtung – fremde, schöne Wörter, fremde, fremde Wörter.

Die eine von den Frauen hat Gabi in ihrem Kissen hochgenommen und, als sie zu schreien anfing, einen Nuckel in den Mund gestopft. Die andere hat den Zettel fertig geschrieben und in ihre Mappe gesteckt. Die Hauswartfrau hat das Fenster verklinkt. War zu hübsch, deine Mutti, Frau Lüders hat nicht weitersprechen können, und er hat sie verachtet, weil sie nichts anderes wußte als darüber zu weinen. Er hat Mutter vorm Spiegel gesehen, sie hat sich die Wimpern geschwärzt, ihn nicht erkannt, nicht erkennen wollen, jetzt war da nur noch das Zimmer im Spiegel, die offenen Schränke, die herausgezerrten Schübe. Seine Hände haben sich aufgespreizt, er hat mit dieser verrückten Genauigkeit wahrgenommen, wie sich die Löschblattkrümel aus der schweißigen Hand ablösten. Und als die mit der Mappe zu ihm sagte: »Wirst's endlich gut haben, Junge!« und ihn vor sich herschob aus dem Zimmer, hat er herausgehört, daß sie's gewohnt war, sowas zu sagen.

Du siehst ihn noch immer, weißt nicht, ob er der Junge ist, ob es sich so abgespielt hat. Die Tatsachen schließen sich zusammen, Eifersucht, Mord, Mord an einer Kellnerin, die zwei Kinder hinterläßt. Nichts sonst. Niemand weiß, was in einem Jungen vorgeht, der aufgewacht ist, und die Mutter ist nicht dagewesen, nicht wiedergekommen. Du hast beobachtet, wie er zusammengeschreckt ist, als ein anderer nach der Mutter gerufen und ein Baby geweint hat. Und du siehst ihm nach. Wenn die Sonne sein Haar trifft, taucht er immer noch einmal aus den Schattenfeldern unter den Eisenbahnbrücken auf.

Schwarzes Kleid, blaues Kleid

Es ist der Morgen nach dem Jahrestag.

Vor einem Jahr war sie aus der Erschöpfung aufgeschreckt und hatte es gewußt: daß sie nun handeln mußte. Daß sie zur Polizei und zum Standesamt gehen und ihn von den Listen der Lebenden streichen lassen mußte, daß sie die Bestattungsfirma aufsuchen und eine Feier der Klasse B bestellen mußte – Klasse A wäre ihr unbescheiden vorgekommen –, daß sie zum Drucker gehen und die Anzeigen aufsetzen lassen mußte. Sie hatte gezweifelt, ob sie »in die Ewigkeit eingegangen« oder »hat mich für immer verlassen« setzen lassen sollte. Erst bei der Bestellung des Blumenarrangements in der betäubenden Süße des Blumengeschäfts waren ihr Tränen gekommen, und nachher beim Pfarrer bei der Aufzählung der Daten und Fakten von ihres Mannes Leben war sie fast beschämt gewesen, weil es sich in so wenigen Sätzen sagen ließ, und hatte schaudernd den Abgrund wahrgenommen, der neben ihr aufgerissen war. Aber die Pflichten hatten sie weitergetrieben. Und als sie schließlich gegen Abend in einem Modegeschäft ein schwarzes Kleid probierte und sie im Spiegel und im Gesicht der Verkäuferin sah, daß es ihr stand, hatte sie sogar, wenn auch flüchtig, gelächelt. Es war das erste Mal in ihrem Leben, daß sie Entscheidungen ohne Rückfragen zu treffen hatte, und es war leichter, als sie erwartet hatte. Sie hatte eigentümlich harte Bewegungen an sich wahrgenommen beim Bezahlen und auf der Straße beim Überstülpen der Handschuhe und beim Ausweichen im abendlichen Gedränge. Und sie hatte doch bisher immer die weichen katzenhaften Gesten für ihre Eigentümlichkeit gehalten, wenn sie am Arm ihres Mannes im Foyer des Theaters auf- und abgeschlendert oder neben ihm durch die Gänge des Warenhauses gegangen war oder von ihm gestützt ein Taxi bestiegen hatte. In solchen Augenblicken hatte sie das Bewußtsein von sich selber gehabt, Augenblicke, die mit den Jahren immer zahlreicher wurden. An die ersten ehelichen Berührungen hatte sie sich nur eine dumpfe Erinnerung bewahrt oder bewahren wollen, sie hatte eine bürgerliche Erziehung genossen. Sie blendete die Nächte aus ihren Erfahrungen aus, was ihr durch geschicktes Kokettieren mit der Bildung ihrer Herkunft recht glaubwürdig gelang. Sie und ihr Mann waren als glückliches Paar angesehen worden, nichts, was man gemeinhin Unglück nennt, hatte ihre Gemeinsamkeit gestört. Weder waren sie im Krieg getrennt noch irgendwie beschädigt worden, noch hatten sie mehr als andre unter der Nachkriegsnot zu leiden gehabt. Sie schienen, da sie weder Kinder noch nähere Anverwandte hatten, vom Schicksal ausgeklammert zu sein.

Und nun war das vorbei. Nun war sie Witwe. Witwe! Sie war erschrocken zusammengefahren, weil sie das leise Wort mitten auf der Straße und mitten im Gedränge laut ausgesprochen hatte, und sie war mit dem Blick aufs Pflaster vorbei an den jungen Paaren, den Zeitungsausrufern und den alten Damen nach Hause geeilt und die Treppe hinauf und hatte die Wohnungstür aufgeschlossen und war auf den Hocker im Korridor hingesunken, und Handschuhe und Tasche waren von ihrem Schoß geglitten. Jedoch die Kollegen ihres Mannes und die Mitbewohner, die an ihrer Trauer teilnahmen, gaben ihr die Haltung wieder. Woche um Woche gewöhnte sie sich mehr an sich selber. Sie schreckte wohl manchmal aus dem Schlaf und war schweißnaß, und, verwirrend genug, fühlte sie jetzt die Erregung junger Frauen, aber das schwarze Kleid über dem Bügel, auf dem sich die Dunkelheit des Zimmers verdichtete, gewann sie der Wirklichkeit zurück. Es bestätigte ja für alle, die sie täglich im Haus und auf der Straße traf, ihre

Liebe, ihre Treue, ihre Trauer. Sie wußte, was die Leute reden. Sie muß ihn wirklich sehr geliebt haben, sagen sie. Und sie sagen auch: Wie tapfer sie es trägt! Sie tat es weniger um der Bewunderung willen, als darum, das Grauen vor dem Tod abzuwehren. Sie ging sehr aufrecht in dem Jahr, wie jemand, der weiß, daß er die Blicke auf sich zieht. Sie setzte die Füße bewußter und hielt ihre Augen in jener Halbstarre von Filmdiven, die ihren Ruhm damit bezahlen. Sie spielte die Rolle der Witwe, wie sie die Rolle der glücklichen Gattin gespielt hatte: fehlerlos. Nur manchmal allein auf der Parkbank, auf der Brücke ans Geländer gelehnt, klaffte neben ihr der Abgrund; sie griff um sich, und sie griff nichts und fröstelte, und ihre Hände suchten fast ängstlich nacheinander und lösten sich lange nicht aus der Verklammerung. Nachher hatte sie Mühe, sich aufrecht zu halten.

Und doch war sie, aus Gründen ihrer Erziehung gewiß, entschlossen, mit Ablauf des Trauerjahres die schwarze Kleidung abzulegen. Sie hatte den Tag ein wenig gefürchtet, an dem es soweit sein würde, sie hatte mit sich zu handeln versucht: noch bis zum Hochzeitstag! noch bis zum Geburtstag des Mannes! und hatte sich doch nicht überzeugen können, einen Tag länger als das Trauerjahr währte, in Schwarz zu gehen. Vielleicht spielte ein unausgesprochener Aberglaube mit, daß der

Tote erst mit dem Ablegen der schwarzen Kleidung aus seiner verklemmten Existenz in der Erinnerung freiwerden und in die Ewigkeit eingehen könne. Vielleicht auch war sie es müde, immer die Blicke der Leute auf sich zu ziehen. Sie hatte jedenfalls ihre Garderobe in den letzten Wochen vor dem Jahrestag überprüft, hier und da etwas ausgebessert und modernisiert, um das Bedürfnis nach einem neuen Kleid, nach einem neuen Hut und neuen Schuhen zu überwinden, das sie unziemlich fand. Nicht, daß sie sich nichts hätte leisten können, sie hatte in diesem Jahr so viel gespart wie nie vorher, und da sie zugeben mußte, daß ihr Mann sie niemals knapp gehalten hatte, lag das Anwachsen des Kontos wohl an ihrer veränderten Einstellung zum Leben. Sie wäre nicht mehr jung genug, nach dem Trauerjahr ganz von vorn anzufangen, wozu neue Kleider leicht verführten, sagte sie sich und rechnete doch gleichzeitig aus, daß sie gut und gern noch fünfundzwanzig Jahre vor sich haben könnte, und genoß die Zahl, die sich beliebig in dreißig und fünfunddreißig verändern ließ. Schließlich weiß man ja, wie alt die Leute heute werden! Noch fünfundzwanzig, noch dreißig, noch fünfunddreißig Jahre!

Es ist der Morgen nach dem Jahrestag, und sie liegt wach und sieht auf das schwarze Kleid, das sie gestern für den Kirchhof zum letzten Mal getragen hat. Sie hat das zartblaue Tuchkleid mit den dunklen Applikationen daneben gehängt. Das hatte ihr Mann nicht sehr gemocht, und so war es noch fast wie neu. Sie wird es anziehen und auf den Markt gehen. Sicher, es ist zum Marktgang etwas zu festlich, aber die Leute werden denken, daß das Trauerjahr vorbei sei und wie jung sie doch aussehe. Oder sie werden gar nichts denken, weil sie die Blicke nun nicht mehr auf sich ziehen wird. Sie werden sie übersehen. Jäh richtet sie sich auf, um des Schwindels Herr zu werden. Sie werden sie übersehen. Sie haben sie vielleicht schon immer übersehen, das Trauerjahr hindurch, das ganze Leben hindurch. Übersehen! Übersehen! Ihre Rolle hat nicht interessiert, hat nicht die Augen auf sich gezogen, den Neid, die Neugier, die Bewunderung, war keine Inkarnation von Wünschen, Sehnsüchten. War nichts.

Sie kämpft dagegen an, sich zurückfallen zu lassen und die Lider zusammenzupressen, obwohl ihr ja niemand zusieht und also niemand etwas dabei finden würde. Sie stößt die Decke beiseite und geht ins Badezimmer und streift nur flüchtig den Spiegel, denn sie hat Angst vor dem Spiegel, der ihre schlafverquollenen Augensäcke, ihr wirres Haar, die schlaffe Haut am Hals zeigen muß. Sie hat Angst, daß die Rechnung nicht stimmt: noch fünfundzwanzig, dreißig, fünfunddreißig Jahre.

Sie hat Angst, und es ist seltsam genug, daß die Angst so würdelos auftritt, so unvermutet nach dem Jahr der Trauer. Sie hält das Gesicht lange unter das kalte Wasser der Dusche. Die Poren ziehen sich zusammen. Der fade Geruch des Schlafes verliert sich. Sie wird einen Entschluß fassen, einen Plan machen müssen, der dem Tag Festigkeit gibt, damit er sich wie eine Schale schützend um sie legen kann. Sie atmet tief, und als sie sich abfrottiert, ermuntert sie sich, irgend etwas Bekanntes zu singen, zu dem ihr der Text fehlt, und macht noch im Unterkleid ein paar tänzelnde Schritte. Das Haar, nun gebürstet und glänzend, duftet lebendig und knistert elektrisiert, die Applikation an dem hellblauen Kleid verdeckt die schlaffe Haut am Hals. Der Spiegel im Ankleideschrank, der sie zwingt, einen Schritt Abstand zu halten, tröstet sie: Die dort gegenüber ist eine Dame. Lächelnd fächelt sie mit der Hand die Puderfleckchen von Nase und Stirn.

Das Lächeln steht auch noch auf ihrem Gesicht, als sie auf die Straße tritt. Nachbarinnen und Hausmeisterin ist sie nicht begegnet. Das ist bedauerlich, aber nicht zu ändern. Sie ist noch immer vom Willen zum Entschluß gespannt, obwohl der Entschluß in der halben Stunde, in der sie den Kaffee bereitet hat, das Brot getoastet und gefrühstückt, sich noch nicht verfestigt hat. Sie geht mit schlenkernden Armen. Wie als junges Mädchen, erinnert sie sich, ehe der Gedanke ans Heiraten die Armschwünge gehemmt und die Schritte verengt hatte. Damals mit der Spange im wilden Haar hatte sie Dachböden und Stacheldrahtzäune zu erobern bevorzugt, und als sie eines alten Mannes Tod auf einem Vorortbahnhof miterlebte und alle Erwachsenen sehr aufgeregt waren, hatte sie die perlmutterne Schleimspur einer Schnecke zwischen den Ziersträuchern des Bahnhofsvorplatzes entdeckt und eine unerklärliche Genugtuung über den Tod empfunden. Sie hat sich nie daran erinnert. Wahrscheinlich war sie immer zu sehr mit sich selbst beschäftigt gewesen, mit ihrem Leben, das von einem gewissen Zeitpunkt an einen Mann finden hieß. Wahr-schein-lich.

Die Unschärfe des Wortes verdichtet sich wie die flimmernden Ringe vor den Augen. Sie lehnt an einer Hauswand und schluckt, um abermals des Schwindels Herr zu werden, der wie eine Blase ins Hirn steigt. Die Zunge liegt ihr schwer im Mund, und der Gaumen ist papieren. Als sie die Finger wieder rühren kann, tastet sie nach den Lippen und versucht, sie zum Lächeln auseinanderzuschieben. Nicht klein beigeben! Einen Entschluß fassen! Welchen? Eine Dame sein, eine Dame, die sich nicht gehen läßt! Sie winkt ein Taxi heran und nennt das Caféhaus, das sie seit dem letzten Besuch mit ihrer Mutter kurz vor deren unerwartetem Tod vor achtzehn Jahren nicht mehr besucht hat. Der Wille zum Entschluß hat sich auf eine ganz bestimmte Richtung eingependelt. Und als sie den zweiten Himbeergeist bestellt hat, gelingt es ihr, die Richtung zu erkennen: Sie will die Spuren des Todes in ihrem Leben erkennen und tilgen. Sie will davon frei werden, daß sie nun Witwe ist und zweiundfünfzig Jahre alt. Sie will – und der Himbeergeist erleichtert es ihr – die Gegenwart und immer die Gegenwart in sich aufsaugen, um davon schwer zu werden. Sie legt die Hände auf die Marmorplatte des Tischchens, sie folgt dem staubdurchzitterten Sonnenstrahl bis zur Lüftungsklappe, durch die er einfällt, sie verirrt sich zu den verglasten und gerahmten Stichen, die das Caféhaus vor hundert oder mehr Jahren zeigen. Sie wendet sich eigentümlich hastig ab, um sich nicht von der Gegenwart zu lösen. Und weil das Caféhaus leer ist am zeitigen Vormittag und ihr die blanke Kaffeemaschine eine zu banale Gegenwärtigkeit ist, rückt sie ihren Stuhl so zum Fenster, daß sie die Passanten und die Autos und Omnibusse und die Verkürzung der Häuserschatten unter der steigenden Sonne beobachten kann. Doch sei es, daß die befeuernde Wirkung des Himbeergeistes nachläßt, sei es, daß die Eile der Passanten und Fahrzeuge ihre Idee von der Gegenwart ad absurdum führt, sie gibt den Beobachtungsposten bald auf. Sie zahlt. Und wider ihren Willen vergleicht sie die Haltung des Kellners mit der ihres verstorbenen Mannes in der Bräutigamszeit. Es ist die gleiche Zuvorkommenheit, die gleiche Weichheit in der Stimme, über die zu spotten, ihre Mutter untersagt hatte: Ein höflicher junger Mann, bedenke, wie selten das ist! Und sie hatte den höflichen jungen Mann geheiratet und sich nach seinen Wünschen gerichtet, weil sie so erzogen war. Er hatte keine Kinder gewollt, und er hatte Karriere gemacht, wie man das nennt: Karriere! und dabei an einen Mann auf dem Seil denkt, der über den Köpfen in zielstrebiger Gleichgültigkeit seinen Weg macht, immer gefährdet zu fallen, immer mit sich und seinem Gleichgewicht beschäftigt. Sie hatte sich daran gewöhnt, weil sie gelernt hatte, daß eine Frau sich gewöhnen muß, sie hatte sich daran gewöhnt, das gelegentliche Aufbocken nicht zu weit zu treiben. Nur einmal ganz zu Anfang hatte sie ihn bei einem Familienfest geohrfeigt, weil er die höfliche Zärtlichkeit seiner Bräutigamszeit zur Schau stellte, die sie damals schon gern verheimlicht hätte.

Sie schiebt dem Kellner ein Trinkgeld hin, um die Erinnerung abzutun. Der etwas zu rasche und wortreiche Dank gibt ihm seine Rolle in der Gegenwart zurück. Er hält ihr die Tür auf, der Luftwirbel wühlt in seinem Haar. Er ist jung, vielleicht dreiundzwanzig. Sie weiß nicht, warum sie ihm in jäher Aufwallung über den Schopf streichen muß. Er schüttelt sich. Die Tür fällt zu, und sie hört Gelächter, Gekicher hinter sich, Mädchengekicher. Sie wagt nicht sich umzuwenden, aber sie fühlt, daß sie hinter ihr hergehen, zwei oder drei Mädchen, die tuscheln, weil sie sie beobachtet haben, sie und den Kellner. Sie spannt ihre Aufmerksamkeit an, um die Stimmen auseinanderzuhalten, denn sie wagt nicht sich umzudrehen. Ihre Haut ist wie geätzt im Rücken, das Kleid schützt sie nicht, ein hellblaues Tuchkleid mit dunkler Applikation, ein Einzelstück und fast neu, wenn auch nicht von diesem Jahr. Die Stimmen bleiben hinter ihr. Die Schwester lachte so, die an Krebs gestorben ist. Sie gingen zu zweit die Promenade entlang im Sommer an der See, und sie lachten und tuschelten und kicherten: Siehst du, die Alte hat Liebeskummer! Ganz wild ist sie hinter dem mit dem Strohhut her! Und das Kleid! Na, einen Spiegel braucht sie ja nicht mehr, kann sich getrost in den Zahlkellner vom Kurhaus vergucken! Und sie hatten sich eingehakt und die sonnenwarme Haut ihrer Arme aneinander gerieben, und ihr Lachen war wieder und wieder herausgeprustet. Sie geht immer schneller vor dem Lachen weg, das hinter ihr bleibt. Eine Dame! Will eine Dame sein und flirtet mit dem Jungen, der im Caféhaus serviert! Gibt sich preis auf der Straße. Seht doch, seht, wie sie die Arme verlangend ausstreckt!

Der Himbeergeist macht die Füße schwer; sie rempelt Vorübergehende an. Aber niemand beugt sich zu ihr und winkelt den Arm an, niemand geleitet sie durch die Menge, Dame, Königin, Geliebte – lächerlich: Geliebte. Er war aus dem Büro gekommen und hatte das Jackett auf den Bügel gehängt und sich an den Schreibtisch gesetzt – und hatte ihr flüchtig zugenickt, wenn sie ihm den Tee brachte. Sie hatte die Abende erwartet, die Tage, die Jahre und hatte im Foyer des Theaters, belebt von der Leidenschaft auf der Bühne, die glückliche Frau zur Schau gestellt, eine Rolle, die ihrem Mann so selbstverständlich war, daß er kein Wort darüber verlor, als sie einmal bei Halblicht in der Zwischenpause vor dem letzten Akt aus dem Theater davongelaufen und erst am nächsten Morgen wie ein Hund durchnäßt nach Hause gekommen war. In dieser Nacht – doch nein, sie will nicht daran denken. Er war ins Büro gegangen. Die Leidenschaften Haß und Liebe fanden wohl nur auf der Bühne statt. Nur auf der Bühne galt eine Geste, nur auf der Bühne gab es das: verstehen und verstanden werden. Da flehten die Einsamen, die mit Glasfiguren oder Champagnergläsern spielten, ins vielohrige Dunkel des Parketts um Mitleid. Da war eine Wand aufgerissen ins Freie, wenn das Gelächter sich ringsum verdichtete. Auf der Bühne. Warum denn nur auf der Bühne?

Sie strauchelt, sie fängt sich wieder, sie läuft, sie schleppt die schweren Füße, sie will entkommen, sie muß entkommen. Sie zieht eine Spur durch die vormittägliche Menge, die sich gleich wieder verliert wie eine Schneckenspur unter den Füßen der vielen.

Die kleinen Figuren

Der Junge wurde immer kleiner, je weiter er sich von der Straßenecke entfernte. Das war ganz natürlich, und doch beunruhigte es ihn, denn es war auszudenken, wann die perspektivische Verkürzung zur Verwandlung wurde. Es war eine Straße auszudenken mit fingernagelgroßen einander bedrängenden Häusern, zwischen denen sich eine Ameise bewegte.

Er blieb stehen, viel zu lange, stand noch da, als er den Jungen schon nicht mehr sah. Die Haustür hatte sich geöffnet, die Frau hatte ihn eingelassen, hatte ihm den Pudel von den Ohren gezogen, die Haare glatt gestrichen, den Schal aufgeknotet und ihn dann ins Zimmer gezogen. Viel zu spät wieder! sicher sagte sie so etwas. Der Junge wurde an den Sonntagen, die er bei ihm verbringen durfte, schon nach dem Kaffeetrinken unruhig, paßte beim »Mensch ärgere dich nicht« schlecht auf oder verstöpselte sich, so daß die Züge der elektrischen Eisenbahn zusammenstießen. Sie machten sich dann immer schon zeitig ans Abendbrot, der Junge kniete vorm Eisschrank und suchte sich aus. Am liebsten mochte er Teewurst. Mama kauft die nicht, sagte er. Und dann war der Sonntag vorbei. Er stopfte ihm ein Wurstbrot in die Tasche und fuhr ihn bis zu der Ecke, von der aus er ihn beobachten konnte, bis er im Haus war, denn die Straßen in der Siedlung waren alle ganz gerade angelegt. Es war besser, als wenn er den Jungen bis vor die Haustür gebracht hätte. Er hatte sich noch nicht in der Gewalt. Er hätte die Frau vielleicht an sich gerissen, wenn sie ihm da in der Tür gegenübergestanden hätte. Er hätte vielleicht nicht anders gekonnt, er wußte es nicht.

Der Automotor lief, es war Zeit weiterzufahren. Sonntagabend. Stadteinwärts wurden die Straßen belebter. Paare standen vor Schaufenstern, planten, rechneten, andere standen vorm Kino an. Die Ceylon-Bar warb mit einer gläsernen Palme, er konnte aber auch ins Verlorene Paradies gehen, wo Melodien aus Licht über die Decke glitten und einen fortrissen, wohin? Vor zwei Wochen war er dort gewesen, nachdem er den Jungen zur Mutter gebracht hatte, hatte kaum was getrunken, aber getanzt, wußte gar nicht mit wem, Brüste, wehendes Haar und ein Hauch Parfüm. Sein Körper war glücklich gewesen, wußte er, als er im grauen Morgen nach Hause kam, und das war zum Heulen.

Er fuhr an den Schaufenstern vorbei, an den Kinos, an den Bars, die Kirchen begannen zu läuten, er hatte sich nie darum gekümmert, jetzt rührte es ihn. Er sah angestrahlte Fassaden, sah und sah nur immer den Jungen, ameisengroß, fast schon nicht mehr da zwischen fingernagelgroßen Häusern.

Den Wagen parkte er schräg auf der Bordsteinkante, wie es die Zeichen verlangten, seltsame Sprache ohne Wörter, Warnung, Anweisung, Information, alle richteten sich danach, alle verstanden sie. Man konnte so auskommen miteinander. Und doch blieb er, unsinnig genug, vor der Briefkastenwand im Haus stehen, als könnte ihn eine Nachricht erreichen, die nur ihn anging. Dabei war es Sonntag, und er bekam auch in der Woche nur wenig Post, Postwurfsendungen und einmal im Monat die Telefonrechnung und einmal im Monat die Fernsehgebührenforderung. Auch das Kaufhaus erinnerte sich seiner allmonatlich, seit er dort im Sommer eine Hose hatte enger machen lassen nach der Anprobe, und der Drogist empfahl Rasierwasser und Haartinktur und Parfüms und Seifen. Aber nicht am Sonntag. Am Sonntag blieb der Briefkasten leer.

Er stieg sehr langsam die Treppe hoch, anstatt den Fahrstuhl zu benutzen. Er kam an Türen vorbei, hinter denen der Nachrichtensprecher zu hören war, an anderen Türen, aus denen es nach Röstzwiebeln roch, und trat dann im Flur fast auf den Eisenbahnwagen, den der Junge da hatte liegen lassen. Er nahm ihn und stellte ihn auf den Schrank. Seltsame Genugtuung, daß niemand daran Anstoß nehmen würde, seltsame Freiheit, sonnabends und sonntags mit ungebügelten Hosen und einem karierten, verwaschenen Flanellhemd herumlaufen zu können. In der Küche standen noch die Becher und Teller vom Abendessen auf dem Tisch. Er hätte sie abwaschen können, Ordnung machen, sich auf den Montag einrichten, früher interessierten ihn die Sportberichte im Fernsehen. Er konnte sich aber auch betrinken. Früher hatte seine Frau darauf geachtet, wann es genug war, und noch früher seine Mutter.

Sein Hals war ihm eng, aber er wollte nicht zugeben, daß ihm elend war. Daß er am liebsten den Kopf auf den Tisch gelegt hätte. Gestern um diese Zeit hatte er ja gepfiffen, hatte an dieser Stelle in der Küche gestanden, genau auf dem Riß im Linoleum, der ihn sonst immer stört, und hatte gepfiffen, weil er sich auf den Jungen gefreut hatte, der alle vierzehn Tage sonntags bei ihm sein durfte. Nur im Krankheitsfall hatte die Mutter das Vorrecht zur Pflege. Immer telefonierte er am Sonnabend besorgt an, ob der Junge auch gesund wäre. Stellte sich die Frau vor, wie sie vorm

Telefontischchen kauerte oder auf der Sessellehne saß und mit ihm sprach, wenige Sätze. Lenk ihn nicht ab, er hat eine schlechte Rechenarbeit geschrieben! Denk dran, ihn die Gummistiefel im Zimmer ausziehen zu lassen! Überfüttere ihn nicht wieder, neulich hat er mir das ganze Bett vollgebrochen! Mach nicht so lange Wanderungen mit ihm, du ermüdest ihn! Sätze, die ihm wehtaten, weil sie Eifersucht verrieten. Und darum pfiff er sich eins, wenn er den Hörer aufgelegt hatte, denn er war sicher, daß der Junge doch wieder ungeduldig auf den Sonntag wartete.

Das war also geblieben nach so vielen Abenden vor Schaufenstern, nach so vielem Planen und Hoffen. Und du hast schuld! hatte die Frau gesagt, weil du nicht begreifst, daß ich mir das Leben anders vorgestellt habe. Sie hatten sich getrennt. Wegen des Jungen, hatte die Frau gesagt, wenigstens der soll es anders haben. Immer sagen die Frauen das so.

Der Junge war verstockt wie jedesmal, wenn er von da zurückkam, redete nicht, antwortete nicht, hatte noch eine Teewurstschnitte in Schokoladenpapier eingewickelt in der Tasche und ein Plättchen Kaugummi. Sie warf die Teewurstschnitte in den Mülleimer und schloß den Kaugummi in den Küchenschrank. Der Junge sah auf seine Schuhspitzen. Sie sagte: Du mußt schlafen gehen! Du mußt dir die Zähne putzen und die Fingernägel bürsten! Und als er sich noch immer nicht rührte, strich sie über seinen Haarschopf. Er wand sich unter ihr weg und rannte ins Zimmer. Der Junge war seinem Vater so ähnlich. Sie wußte nicht, ob es richtig war, dem nachzugeben. Er stand am Fenster, der Store hing ihm geknüllt über die rechte Schulter, weil er sich einfach dahinter gedrängt hatte. Draußen war nichts zu sehen, Rouleaus vor den Fenstern, die Gärten leergeräumt, Laubhaufen, tote Äste. Sie hätte gern den Store glattgezogen, aber sie hatte Angst vor ihm, vor seinem Schweigen, vor seiner Wut. Sie hatte den Tag über an dieser Auswertung gesessen, auf dem Schreibtisch lagen noch die Karteikarten mit den Eintragungen. Sie war nicht recht vorangekommen, obwohl nichts sie abgelenkt hatte. Vielleicht war es das: Nichts hatte sie abgelenkt. Sie sah die Jahre vor sich, den Schreibtisch, die Karteikarten, der Junge wuchs heran, wuchs ihr über den Kopf, hatte Schwierigkeiten mit Mädchen, kam nicht nach Hause abends, hatte Pusteln im Gesicht, das Haar hing ihm bis über die Augen, er redete nicht, sie wußte nie, wo er hinging, sie saß am Schreibtisch, den Stapel Karteikarten neben sich, holte einmal in der Woche den Scheck ab für die Arbeit, kaufte ein, den Eisschrank voll, manchmal auch Seife, manchmal Strümpfe, bezahlte die Rechnungen für Wasser, elektrischen Strom, Heizöl, für Telefon, Fernsehen, Versicherung und die Monatsrate für das Haus. In zehn Jahren würde es ihr gehören.

Sie hatte den Stuhl zurückgestoßen und war ans Fenster getreten, genau wie der Junge jetzt. Nur den Store hatte sie sorgfältig zur Seite geschoben. Die Nachbarn hatten Dahlien mit den Ballen aus der Erde genommen und in Zeitungspapier eingewickelt, in anderen Gärten schnitten sie die letzten Rosen ab, weiter entfernt hackte jemand Holz, das waren Grunerts, die hatten einen Kamin, konnten sich das Eckhaus leisten, hatten ein Delikateßgeschäft in der Stadt. Sie hatte hinterm Fenster gestanden und zugesehen und zugehört, einfache Gespräche, Rufe, Scherze, und hatte sich plötzlich erschrocken abgetastet, Stirn, Kinn, Hals, die Halsgruben, die Schultern, hatte Hände gefühlt, die sie nie mehr umschließen würden, der Griff von rücklings, Augen zuhalten, der Atem im Nacken. Sie hatte sich vom Fenster abgewendet, beschämt. Oder nein, sie hatte nur keine Zeit zu verlieren. Und saß dann doch und ließ die Karteikarten durch die Finger ratschen.

Komm! hatte er gesagt, komm!, hatte sie weggezogen von dem gehobelten Tisch vor der Schalterwand. Sie hatte nach Hause fahren wollen, hatte das Geld für die Fahrkarte zusammengezählt auf dem Tisch und wußte doch nicht, wo das war: zu Hause. Komm! Sie hatte sich wegziehen lassen aus der Bahnhofshalle, hatte das Geld noch lose in der Manteltasche, es hatte für ein Hotelzimmer gereicht. Damit hatte es angefangen, mit dem verschwitzten Laken, mit dem Spiel der Körper. Wochen, Monate, Jahre, waren es Jahre? Der Junge auf der Hand, wenn sie ihn badete, der Sonntagsspaziergang mit dem Kinderwagen, an den Gehaltstagen die Blumen. Sie hörte das Rascheln des Papiers vor der Wohnungstür. Bis sie mit einem Mal begriff, daß das alles war. Und davonlief. Der Junge spielte derweil im Kindergarten und mußte nachmittags abgeholt werden. Sie war zurückgekommen nachts, der Mann saß neben dem Kinderbett und wartete. Sie hatten ihn vom Kindergarten aus verständigt. Am nächsten Tag hatte sie Prospekte besorgt und wenig später wieder für die alte Firma angefangen zu arbeiten. Wenn wir ein Haus kaufen, wenn wir draußen wohnen, dachte sie, dachte nicht weiter. Sie hatten Baupläne auf dem Eßtisch ausgebreitet, sie rechneten, sie zeichneten, sie fuhren jeden Sonntag zur Baustelle, sahen die Siedlung wachsen, stiegen auf wippenden Brettern in ihren Keller, rochen den frischen Mörtel. Der Junge sollte eine Schaukel haben, planten sie, Rosensorten wurden wichtig. Komm! sagte der Mann, komm!, zog sie ins Haus, überall standen Eimer mit Farbe herum, die Fenster waren verschmiert, die Wände noch roh, Bad und Küche zur Hälfte gefliest, im Klosettbecken stand schmutziges Wasser, in der Badewanne lagen leere Bierflaschen. Der Junge kniete vorm Haus und backte mit der lehmigen Erde Kuchen. Komm! Er hatte sie durchs Haus getragen bis auf den Boden, wo sich die Wärme im Holz gefangen hatte. Sie hatte nachher kaum die Haare in Ordnung gebracht. Der Junge hatte eine ganze Reihe von lehmgelben Kuchen gebacken und zeigte sie stolz. Vielleicht hätte an diesem Tag alles aufhören müssen, kein Montag mehr, keine Wochen, keine Jahre.

Der Junge stand noch immer am Fenster, hinter dem nichts zu sehen war. Du mußt jetzt ins Bett! sagte sie, und weil er sich nicht rührte, trat sie zu ihm heran und griff in seinen Gurt. Er machte sich steif, wehrte sich, als sie ihn aus dem Zimmer zerrte, und entkam ihr dann plötzlich. Sie hörte Türen schlagen. Das hatte sie ihm verboten, weil die Rabitzwände so leicht rissen. Aber sie lehnte an ihrem Schreibtisch, auf dem die Karteikarten durcheinanderlagen, das Haus! dachte sie, wenn das Haus verkommt.

Ein Augenblick der Erschöpfung, weiter nichts, morgen gehörte ihr der Junge wieder, käme aus der Schule, fragte, zeigte ihr das verkleckste Heft, kuschelte sich an sie, morgen war das Haus wieder ihr Haus und das Leben wieder ihr Leben. Freitag mußte sie den Bericht abliefern. Der Junge brauchte neue Bundhosen, und er wünschte sich Schlittschuhe. Sie straffte sich, strich mit den Fingerkuppen über die Augen und nahm eine Mandarine aus der Schüssel, vielleicht könnten sie die miteinander teilen, ehe er einschlief, der Duft der Fruchtschale, die Finger lösen die Stückchen voneinander, eines für dich, eines für mich. Aber der Junge drehte ihr den Rücken zu, lag frisch gebadet und struppig in dem weißen Zeug und tat, als schliefe er. Sie schaltete das Licht aus und machte die Tür behutsam zu. Im Wohnzimmer legte sie die Mandarine in die Schüssel zurück.

Mama hatte sicher ihre Tabletten genommen, denn sie schlief bald, er hörte das, weil dann das Bett nicht knackte. Er kroch unter der Decke vor, stellte die nackten Füße auf den Boden, suchte die Strümpfe, die Hosen, Licht konnte er ja nicht machen, und mit der Taschenlampenbatterie mußte er sparsam umgehen. Er schlüpfte in den Pullover, schnallte den Gurt zu, die Schuhe nahm er in die Hand. Vielleicht würde er eine Decke brauchen, aber das würde auffallen. Wichtiger war die Teewurstschnitte, die er vom Vater mitgebracht hatte. Er ging auf Strümpfen in die Küche und angelte das Päckchen aus dem Mülleimer. Den Kaugummi zu suchen, hätte ihn aufgehalten. Er nahm noch die Mütze und schloß die Haustür auf und ließ sie mit dem Schlüssel an der Lamelle leise zuschnappen. Dann erst zog er die Stiefel an und klappte den Rost hoch, um den Schlüssel darunterzulegen. Die Erde unter dem Rost roch moosig. Er krümelte sie von den Fingern. Eigentlich hatte er Angst.

Aber als er die Siedlung hinter sich hatte und ihm warm wurde vom raschen Gehen, zog er die Teewurstschnitte heraus, knüllte das Stanniolpapier und warf es in hohem Bogen über einen Zaun. Die Augen gewöhnten sich an die Dunkelheit. Er erkannte Reisigbündel neben der Straße und Schneeschutzgitter. Vater hatte ihm erklärt, warum die aufgestellt wurden. Irgendwo mußten die Brombeeren kommen und dahinter der Wald und dahinter die nächste Siedlung. Sein Freund wohnte da, der kannte sich auf dem Güterbahnhof aus, der konnte ihm sagen, wohin die Waggons fahren und wann und auf welches Gleis sie zum Ankoppeln geschoben werden. Im Sommer wäre es natürlich besser gewesen, nicht so kalt, aber er wollte nicht mehr bis zum Sommer warten, er hätte sonst irgend etwas kaputtschlagen müssen, vielleicht das Fenster von Mutters Wohnzimmer, die große Scheibe, die so teuer war, oder – ja, vielleicht auch Vaters Auto, wenn der's immer an der

Ecke stehen ließ und sagte, nun geh, Junge. Ein Fußtritt genügte ja, das Karosserieblech ist dünn. Oder vielleicht hätte er auch nur brüllen müssen, irgendwas, er wußte kein Wort dafür, daß er so allein war, daß sie ihn so allein gelassen hatten.

Der Wald kam näher, oder nein, er kam auf den Wald zu. Mal hatte sich da einer aufgehängt, fiel ihm ein. Vater hatte das morgens gesehen, als er noch bei ihnen wohnte und täglich in die Stadt fuhr. Mama hatte es unpassend gefunden, daß er das erzählte. Was soll der Junge denken! hatte sie gesagt. Besser sich zu erinnern, wie er mit Vater Pilze gesucht hatte. Der verstand sich darauf, sie stießen das Laub mit den Füßen zur Seite, Vater fand immer etwas, brach einen Pilz auf und ließ ihn schmecken und brach einen anderen Pilz auf und ließ ihn die Verfärbung beobachten. Sie brachten einen ganzen Korb voller Birken- und Steinpilze nach Hause, aber Mama kippte ihn über dem Mülleimer aus und trug den sofort zur Tonne. Weil die Anrainer die gemeinsam hatten, fragte der Nachbar am nächsten Tag, warum sie die guten Pilze weggeworfen hätte. Mein Mann ist kein Kenner, sagte sie. Der Nachbar bestätigte denn auch: Naja, man muß vorsichtig sein. Er hatte dabeigestanden und sich geschämt, weil sie so logen.

Er war nun mitten im Wald, und es fiel ihm nichts Besseres ein, als zu laufen, bis ihm das

Atmen wehtat. Hing da nicht einer? Er schlug sich auf den Mund. Aber es war nur ein abgebrochener Ast, der sich verfangen hatte und schaukelte. Er mußte stehen bleiben, tief Luft holen. Die Nacht war mit einem Mal so laut. Der Wind stieß in die Bäume. Oder waren es Vögel? Große Vögel? Er hörte sein Herz schlagen und griff nach der Taschenlampe. Doch er zog sie nicht aus der Hosentasche, als er sie anknipste, in all der Schwärze wäre der Lichtfleck aufgefallen. Er sah den roten Saum seiner Finger, fühlte die Wärme am Schenkel und wünschte für einen Augenblick sich zusammenzukauern, kleiner zu werden, unsichtbar. Dann knipste er die Lampe wieder aus. Wenn einer käme und mich mitnähme, fiel ihm ein, irgend so ein Märchen, und dabei liefen ihm die Tränen übers Gesicht, weil er nicht wußte, wohin. Vater und Mama hatten sich angeschrien, als Vater mit den Straßenschuhen ins Zimmer gekommen war und kleine schwarze Pfützen auf dem Parkett standen, Vater und Mama hatten sich angeschrien, als es durchgeregnet hatte und sich eine gelbe Spur über die Tapete zog und als sich die Kacheln im Badezimmer lösten, er wußte gar nicht, warum sie deswegen so schrien, er hatte sich in sein Bett verkrochen und sich die Ohren zugehalten und mußte nachher mit am Tisch sitzen zwischen den Eltern und darauf achten, daß das Besteck auf dem Bänkchen lag und die Serviette nicht geknüllt liegen blieb. Mama wollte das so. Und dann war Vater ausgezogen, und Mama kaufte sich eine apfelsinenfarbene Bluse und unterhielt sich öfter mit denen an der Ecke, die den Kamin hatten und Birken- und Buchenholz stapelten. Und sie sagte: Wenn du Vater besuchst, vergiß nicht, was er uns angetan hat! Und Vater sagte beim Verabschieden: Denkt dran, die Rosen herunterzuschneiden! oder: Jetzt ist es Zeit für die Tulpenzwiebeln! Er tat das eine nicht und richtete das andere nicht aus. Er kaufte von seinem Taschengeld Tulpenzwiebeln, er verschnitt die Rosen, wie er es in den anderen Gärten sah. Die Nachbarn lobten ihn, aber was ging ihn das an?

Er rieb die Tränenspur vom Gesicht. Niemand kam, kein Auto, kein Radfahrer. Im Wald gab es Füchse und Hasen, Rehe, Kaninchen, aber auch Kreuzottern, hatte der Vater gesagt. Und einer hatte sich da mal aufgehängt. Aber hinter dem Wald war die Siedlung. Und da wohnte der Freund. Der wußte auf dem Güterbahnhof Bescheid. Da standen Waggons nach überallhin.

Er hatte die Whiskyflasche aus dem Eisschrank geholt und neben sich gestellt. Die war fast leer, und er saß noch immer so da, die Arme auf dem Tisch, daß er den Kopf drauflegen konnte. Pfeifen konnte er nicht, der Whisky machte die Lippen trocken. Aber warum sollte er auch pfeifen? Bis zum nächsten Besuch des Jungen waren es vierzehn Tage, zweimal fünf Abende und ein langes Wochenende zum Grübeln und ein einziger Tag der Vorfreude. Früher hatte er mal angefangen, eine Pyramide zu schnitzen, weil die Frau daher war, wo sie so etwas zu Weihnachten aufstellten, aber sie hatte das albern gefunden, sentimental. Nun standen die Schafe und Esel und Ochsen und Kamele, die Hirten und die Könige zwischen den Gleisen der elektrischen Eisenbahn und störten ein bißchen. Schließlich hatten die ja einen ganz anderen Weg vor sich, wußten, wohin sie wollten. Er lachte, als ihm das einfiel, lachte, weil er sich diesen unwegsamen Weg ausdachte, den die kleinen Figuren verloren hatten zwischen den Schienen, die alle in sich selber mündeten. Sand und Dornengestrüpp und versteinte Wälder, dachte er, und dahinter das Ziel! Oder nein, er lachte gar nicht, sah den Jungen, der eine Hirt sah dem Jungen ähnlich, kleiner als ein Fingernagel, er hatte ganz vorsichtig gesägt damals, hatte das dünnste Sägeblatt eingespannt.

Er wollte aufspringen, ihn rufen. Ich zeig dir den Weg da heraus, Junge! wollte er rufen, an den Häusern vorbei! Aber die Füße waren ihm so schwer. Sein Kopf sackte auf die Arme zurück.

Sie fuhr hoch und griff nach dem Wecker. Es war ihr, als hätte sie Glocken gehört. Das kam von den Tabletten. Da träumte sie immer von zu Hause, von dem Marktplatz und der Kirche. Da hatte es die Brandnacht noch nicht gegeben. Sie zählte an den schwachgrünen Leuchtziffern die Stunden ab, die ihr zum Schlafen blieben und stellte den Wecker wieder zurück. Sie mußte hart ran in der Woche, der Sonntag heute war ziemlich verloren. Immer war das so, wenn der Junge beim Vater war: Sie fürchtete seine Heimkehr. Die beiden waren sich zu ähnlich. Der Junge würde zwanzig sein, wenn ihr das Haus endlich gehörte, bald mündig und der einzige Erbe. Und sie wußte mit einem Mal nicht, wozu sie sich abquälte. Aber dann ging sie durch die Zimmer und strich mit den Fingerspitzen über die Möbel und wurde ruhig. Sie hatte die Brandnacht ausgetilgt, die ihr Eltern und Elternhaus genommen hatte.

Sie legte sich auf die andere Seite und versuchte, in den Traum zurückzufinden. Sie hatte vor Vater und Mutter gestanden und ein Gedicht aufgesagt, und sie hatte sehr laut gesprochen, weil die Eltern an ihr vorbeigesehen hatten, so als stände sie auf einer Bühne zwischen den Kulissen, die Marktplatz und Kirche andeuteten, ihre Stadt, ihre Kindheit. Sie hatte viel zu laut gesprochen, geschrien. Warum nur?

Ärgerlich drehte sie den Wecker mit den Leuchtziffern zur Wand.

Gegen Morgen fanden die Arbeiter einen etwa zehnjährigen Jungen auf dem Güterbahnhof zwischen Papierballen schlafen. Sie weckten ihn und, weil er seinen Namen nicht sagen wollte, brachten sie ihn in die Bürobude. Trotz der Hitze, die der Kanonenofen ausstrahlte und die die Männer redselig machte, blieb er stumm. So mußte das Polizeirevier verständigt werden, denn sicher handelte es sich um einen Ausreißer. Sie sahen, wie enttäuscht er war, als er in das Polizeiauto einsteigen mußte. Einer steckte ihm rasch noch eine Tüte Malzbonbons zu.

So'n Junge, sagte er. Man versteht's ja.

Dann mußten sie schleunigst auf die Verladerampen zurück.

Warum denn Geschichten, immer wieder Geschichten?

Hunderte lassen sich erzählen auf so einer Fahrt in der U-Bahn quer durch Berlin, die Geschichten der Mitreisenden, der Zusteigenden, der Aussteigenden, der Wartenden an der Bahnsteigkante, die Geschichten der Fahrdienstleiterinnen und -leiter, von denen nur die Stimmen über Lautsprecher zu hören sind von Station zu Station, die Geschichten von all den Häusern und denen, die darin wohnen, sobald der Zug aus dem Tunnel zur Hochbahn aufsteigt, das Haus dort hat im Spätherbst 1943 gebrannt, der Block hier ist im Februar 1945 von einer Mine getroffen worden, der Neubau hat fünf Arbeitern das Leben gekostet wegen einer Gasexplosion, hinter dem Fenster haben immer Petunien gestanden bis vor zwei Jahren, in dieser Kneipe dort hinten habt ihr V. O. Stomps' 65. Geburtstag gefeiert, hier hast du Marieluise Fleißer über die Straße geführt, dort entlang ging es zur Hinterhofgalerie »Die Zinke« im Hof der Blindenanstalt, die Günter Bruno Fuchs, Robert Wolfgang Schnell und Günter Anlauf gegründet hatten, da unten am Kanal hast du gesehen, wie sie einen Ertrunkenen aus dem Wasser gezogen haben ...

Da, dort, hier und Sie und du und er sie es ...

Warum denn Geschichten, immer wieder Geschichten? Du willst sie nicht hören, nicht weiterdenken. Und siehst doch, wie der neben dem Stadtstreicher fünf Zentimeter abrückt, als ihm der aus seiner Weinflasche anbieten will, die er in eine Plastiktüte gehüllt immer wieder ansetzt nach jeder Station; du entdeckst die Füße in den schiefen Schuhen, die blassen Hände auf der Aktentasche, das müde Lächeln über der Hemdbluse, die Frau ist nicht mehr jung, sie horcht auf die lauten Stimmen am Ende des Wagens, Punks, sehen zum Fürchten aus und reden von den Spaghetti, die sie gleich bestellen wollen, jeder zwei Schüsseln voll; du wunderst dich über die Ortsangaben, die dein Nachbar zu seinem rechten Nachbarn macht, sie erscheinen dir seitenverkehrt, aber da beugt er sich vor, und du siehst den weißen Blindenstock; und da schreit ein Kätzchen so deutlich miau, wie man es kleinen Kindern vormacht, eine Frau ist zugestiegen und hat den Vogelkäfig, in dem das Kätzchen sitzt, auf ihren Knien und lüpft das Tuch, und alle nicken ihr zu, auch die jungen Türken, die sich eben noch unterhalten haben, denn das Kätzchen ist wirklich sehr klein und schwarzglänzend. Und schon wieder wechselt die Szene, steigen junge Mädchen zu, fast noch Kinder, sehr geschminkt und kurzberockt, der Stadtstreicher nimmt einen großen Schluck, aber sie achten nicht drauf, und der neben ihm ist ausgestiegen, und der Platz bleibt leer. Der Blinde erzählt jetzt was von Orel, und sein Nachbar ist viel zu jung, um zu wissen, wovon er redet. Die mit den schiefen Schuhen und den blassen Händen ist schon aufgestanden, weil sie nächste Station aussteigen will, und entschuldigt sich, weil sie in der Kurve an eines der Mädchen gestoßen ist und sieht das spöttische Grienen nicht; die mit dem Kätzchen im Vogelkäfig sagt: Ein bißchen weniger frech wäre ja mehr, dafür drehen ihr die Mädchen jetzt die kurzberockten Popos zu. Und als die Punks aussteigen, haben's die Mädchen plötzlich auch eilig ...

Du könntest bis zur Endstation fahren und zurück bis zur anderen Endstation, du könntest einen ganzen Tag lang vom ersten Zug vor Sonnenaufgang bis zum letzten Zug nach Mitternacht quer durch die Stadt fahren, du könntest tausende von Seiten mit den Geschichten füllen, deren Anfang und Ende du nicht kennst und die doch einen Anfang und ein Ende haben müssen. Geschichten, in denen du die Wirklichkeit erfindest oder in denen dich die Wirklichkeit narrt, sentimentale, brutale, traurige und lächerliche Geschichten, Lebensläufe, drei, vier, fünf Zeilen lang, und wenn du sie abfragen würdest, Flickenteppiche aus Erinnerungen.

Warum denn Geschichten, immer wieder Geschichten? Warum zögerst du aufzuschreiben, was du in thüringischem Singsang, im Weddinger Berlinisch, im anatolischen Türkisch, in Kentucky-Amerikanisch, im neapolitanischen Italienisch und immer wieder berlinern hörst? Weil nicht das Leben, weil du die Geschichten aufschreibst, ja, sie erst zu Geschichten machst, also hinzuerfinden und auslassen mußt? Weil du die Anmaßung begreifst und davor Angst hast, die Flickenteppiche auseinanderzutrennen und anders zusammenzufügen? Weil die Angst des Erzählers dich jedesmal packt, wenn du eine Geschichte herausgreifst? Ist es die eine Geschichte, die hunderte, tausende Geschichten in sich aufnimmt, sie aus der banalen Dumpfheit befreit, ihnen Echo, ihnen Licht und Schatten gibt? Sie aus dem So-vor-sich-Hin ins So-Sein hineinnimmt?

Und wer lügt denn, der Erzähler oder das Leben?

Da, dort, hier und Sie und du und er sie es …

Warum denn Geschichten erzählen, immer wieder Geschichten gegen das Begegnen und Vergessen an?

Das noch zu erleben, daß sie mich nicht vergessen haben, sondern verstehen, hat Marieluise Fleißer gesagt, als ich sie behutsam stützte auf dem Zebrastreifen. Und: Ich war doch nur im Schreiben wirklich.

Editorische Notiz

Der Nachlaß von Ingeborg Drewitz ist umfangreich und noch nicht vollständig geordnet. Uns lagen mehr als hundertfünfzig Prosatexte vor, darunter Typoskripte von Romanen und Romanfragmenten, Notizen, Satiren, Märchen, Reiseschilderungen und vor allem Erzählungen. Viele dieser Erzählungen sind in den von Ingeborg Drewitz selbst herausgegebenen Sammelbänden bereits erschienen. Wir haben dreizehn Geschichten aus den sechziger und siebziger Jahren für diesen Band ausgewählt. Zwar sind die meisten Typoskripte von Ingeborg Drewitz undatiert, doch erlauben Stoffwahl und Sprache eine ungefähre zeitliche Festlegung. Die ausgewählten Texte sind mit drei Ausnahmen unveröffentlicht. (Die Erzählung »Das dunkelblaue Kleid« erschien 1984 in: »Was wir gesehen und gehört haben«, hrsg. v. Evangelischen Missionswerk, Hamburg; zugleich in »Deutsches Allgemeines Sonntagsblatt« vom 27. 5. 1984. Der Text »Warum denn Geschichten, immer wieder Geschichten?« erschien zuerst in »reutlinger drucke«, September 1983. Die Erzählung »Nacht« erschien unter dem Titel »Brief an H.« in: »Das Mauerbuch«, Texte und Bilder aus Deutschland von 1945 bis heute, hrsg. v. Manfred Hammer u. a., Berlin 1981. Diese Angaben entstammen der Bibliographie in dem Materialienbuch »Ingeborg Drewitz« von Titus Häussermann, Stuttgart 1988, und wurden von Bernhard Drewitz ergänzt. Allerdings gibt es Unwägbarkeiten: Ingeborg Drewitz hat einige Geschichten mit verschiedenen Titeln versehen, und sie veröffentlichte soviel im Rundfunk und in der Presse, daß womöglich weitere Nachweise fehlen. Wie immer. Möge dieser Auswahlband aus dem Nachlaß gefallen.

Agnes Hüfner

Inhalt